ちくま文庫

笛ふき天女

岩田幸子

筑摩書房

第三章 獅子文六との日々

「笛ふき天女」

岩田幸子

第一章　生いたちの記

縁日の夜に

私が生れたのは、明治も末期、四十四年の七月五日だった。家のあった場所は神田駿河台東紅梅町で、ニコライ堂の正門と向い合っていた。

夏のことで、母が白玉を作っていた時に、産気づいたという。多分お八つのためだから、夕方生れたのだと思う。見ていたはずのない赤ん坊の私はなぜかこの日の光景が目に浮ぶ。夕明りの中庭に重なり咲くあじさい、赤い風鈴のさがった釣忍草(つりしのぶ)。その日はちょうど近くの五十稲荷(ごとういなり)の縁日で子供達の一番楽しい日であるのに、家中の騒ぎで、兄は連れて行ってもらえず、たいへんな駄々をこねたという。その兄も今は八十歳を越え、この私もすすべの白玉にあやかるどころか、色黒の老婆になってしまった。

駿河台の家では四歳半で父を亡くした他、十二歳で関東大震災にあって余儀なく離れるまで、ここで暮した。〝幸福〟にも色々解釈があろうけれども、私の一生のうち一番苦労を知らずに過した歳月であった。

紅梅町というゆかしい町名も、今はなくなってしまったと思うが、本家（父の兄）と分家（父の家）が庭続きの一画にあって、大げさなことをいうようで気恥ずかしいけれども、それぞれ小庭の付いた、家職の家数軒、同郷人学生のための寮、植木屋、車夫、その他の家や倉、物置などが建っていたので、かなり広かった。大震災後、区画整理され、神田川に聖橋が架かり、あの広い道路が、家の真中を通ったので、地所は三つに分割されてしまった。

その頃庭の東南のはずれは崖になっていて、本所、深川の方面が一望され、今とは違って低い甍の波が続いていた。両国の川開きの時には、お客様を招き、家の四階の部屋から、花火を見物することの出来る時代だった。

崖下へ通ずる薄暗い坂を幽霊坂といったが、そこにあった一軒、あれは三文文士の集る所だと聞いていた。三文文士とは何であるか、わきまえぬ年であったが、それを家業とする人と、後年結婚するようになるとは、人間年をとってみないとわからないものである。

家の表門の向いに、ニコライ堂があった。鉄の垣で囲まれ、丸いドームと塔があるのは、今と同じだが、明治二十四年に建ったドームは塔よりも低く、多角形で色も青く青銅で造られていた。塔の方は先端が尖っていて、十字架は長短二本の横棒になっていて、金色に輝いていた。塔の上部に鐘を撞く所があり、今のように高層ビルのない時代、高台に建つこの塔からは方々眺めら

著者３歳の頃

れ、展望台のようになっていた。袴をはいた小柄なお爺さんが、登って行って、手と足を器用に使い分け、様々な音色を出して鐘を撞いていた。その音色の数は後年新しく建てられた今の鐘よりずっと多かったと思う。

子供の私は木戸御免で、ほの暗い螺旋状の階段を、お爺さんの後に続いて登ったものである。いつだかテレビでニコライ堂が映され、時刻を知らせるのも正確でなくてはいけないし、昔のようにはならさない。当時は時刻の他、婚礼の時とか葬式の時とか、それぞれふさわしいメロディであった。「そら婚礼が始まる」といって、急いで見に行ったものだ。

乗物も馬車で「今日のは何頭立だからいいのだ」とか、そんなことも囁いた。テレビで、歌を唄う犬というのを見たことがあるが、家で飼っていたコリーも不思議な吠え方をして、鐘に和していた。

一番楽しみなのは、復活祭の時で、広い御堂の内側の周りに、柵が作られ、信者が供えたきれいな卵が、籠などに盛られて飾られる。

聖画が美しく色彩をほどこされて書かれ、駝鳥だっただろうか大きいのも、小さい小鳥のもあり、見て廻るのが本当に楽しかった。日頃は黒い僧服のセルギー神父が、この日はきれいなガウンで、信者でない私にはよくわからなかったが、香炉のような、匂の流れるものをさげて、入ってこられたように思う。この日を卵祭りといって、楽しみに待ったが、子供は早く寝なさいと連れ戻されるのが残念であった。

裏木戸を出た所は、今の御茶の水駅（東口）の辺になる。そこに、大田姫神社というお宮があった。（現在は駿河台下の方にある）今のように、塾へ通ったり、入試という心配の無かった子供達のよい遊び場所だった。境内の向側は低い塀があって、その下は崖で、下を神田川が流れている。背の低い子供には、ちょっとどこかへよじ登らなければならなかったが、水の流れ、浮ぶ舟を、あかず眺めて過した。

後年の岩田（獅子文六）が、『自由学校』を書くために眺めた同じ所を、三十年も前に、眺めていたわけである。

この社も、お祭りの時は、色々店が出て、お神楽（かぐら）も楽しかった。スサノオノ命だの、ヤマタノオロチなど、あくどい衣裳をつけた舞、ひょっとこ、おかめのおどけた姿、今あらためて見たいように思う。食べ物は買ってもらえなかったが、おもちゃの山吹鉄砲が好きだった。いつも、お兄ちゃん格で遊ぶ、宮司の息子海老蔵（なぜか呼びすてにしていた）が祭服姿ですましているのもおかしかった。

神社の前を西の方へ行き、御茶の水駅へ出るまでには、井上眼科や瀬川小児科病院があった。病院の前に店を出していたガス入り風船を買ってもらったことがある。しっかり持っていなかったので青空高く舞上ってしまった時の色のあざやかさ、その側にあった黒い四角いポスト、青みどろの浮ぶ木の水槽に入った大きな蘭鋳も目に浮んでくる。

張りたての唐傘や提灯を干した店、車屋など並んだ通りを今の人に見せたいように思う。御茶の水駅は、今とちがって橋に向って左側にあり、右側には交番があった。田舎から出たての私のばあや（とうやと呼んでいた）は交番が何であるか知らず、私に交番の塀にオシッコをさせておこられたそうだ。

ニコライ堂の南側崖下には、西園寺公望さん、高島屋の飯田さん、高田商会の高田さんなどの邸があって、私の同級生だった西邑さん、秋元さんの家もあった。秋元さんは旧子爵で、駿河台下の方へ広い敷地を持たれ、高い方に日本館が建ち、長い廊下をつたって、下には西洋館があった。兄妹共々お友達なので、いつも往き来して遊んだ。

塀の一隅に、北方世界を守る毘沙門天が祭られていた。その辺にあった八重桜が、年毎にたわわに花を美しくつけていた。

そして少し大きくなってからは、代々木の井上という貸馬屋へ皆で通った。原宿の駅から、当時、代々木練兵場だった原っぱ（今のNHKの辺）を、早い者勝ちに自分の好きな馬に乗るために、夢中で走ったものだ。

家の近くで思い出すものの一つに銅像がある。須田町の今の交通博物館（二〇〇六年閉館）のあたりは、土地も十分あったせいか、ロータリーのような広場があって、広瀬中佐と、その下に片ひざついて上を仰いだ杉野兵曹長の大きな銅像が建っていた。日露戦争の折の名高い軍人さんで教科書にも載っていたが、旅順港口閉塞の時沈み行く船の中で部下を隈なく捜す美談で、

轟く砲音　飛び来る弾丸
荒波洗う　デッキの上に
闇を貫く　中佐の叫び
杉野はいずこ　杉野は居ずや

船内隈なく　尋ぬる三度
呼べど答えず　捜せど見えず
船は次第に　波間に沈み
敵弾いよいよ　あたりにしげし

今はとボートに　移れる中佐
飛び来る弾に　たちまち失せて
旅順港外　怨みぞ深き
軍神広瀬と　その名残れど

という唱歌をおぼえている人が、今どれだけいるだろうか。

その辺に初期の伊勢丹の店があった。小僧さんが木綿のメクラ縞の和服に前掛をかけ、伊の字のマークを白く染め抜いた真赤な大風呂敷に包んだ荷物を担いで歩いていた。

当時は何といっても三越全盛の時代だったが、その三越も畳敷きで、下駄はぬいで下足番にあずけ靴はカバーを被せられたものである。生れた日の縁日は、御稲荷様の縁日で五十（ごとう）様といって、駿河台下の商店街に五日と十日にひらかれ、夏の夕方いつも出かけた。水を打った植木が、アセチレンガス灯の光にすがすがしく、風鈴もあったし、虫屋だの金魚屋だの並んでいた。

　こうして書いていても、アセチレンガスの匂が鼻に漂ってくるような気がする。夏は夕涼をした近くの家の前も今のように車が通らず、子供達は縁台を出してうちわ片手に腰かけ、線香花火などした。蝙蝠（こうもり）も飛び交っていて、何か投げると餌と思っておちるのを追っておりて来るので、まねして小さな下駄をほうり上げて興じたものである。

東紅梅町の家

私の生れた家は、新築早々だった。お産のためお呼びしたお医者さんが、まだ産まれるのに間があるからと、両国の川開きの時には花火見物が出来る四階へ上って景色を見ていらしたそうだ。

　間数は四十七間あり、前からあった日本家屋に続けて、父の友人でアメリカ人のガーデナさん（彼の作品の一つが今明治村にある）が設計されたもので、玄関を入るとホールの壁に添って、途中に踊り場のついた階段が二階へと続いている。その踊り場にはステンドグラスがはめられていた。突当りのドアを開けると、大きい方の客間があって、緑色の絨緞が敷かれ、シャンデリアが輝いていた。一隅にピアノラ（自動ピアノ〉があった。

お正月、邸内にある同郷人の学生寮から、学生さん達が来て「年の始めの……」を姉のピアノに合せて歌った。父の郷里の岩国を離れている若者の楽しい一時だったのかもしれない。張り出された食堂と客間の間は三角の温室があって、花装室と呼んでいた。

神田駿河台東紅梅町の生家

二階は父の書斎、父母の寝室、家族の小食堂があり、姉達は南側だが兄達は北側に部屋が並んでいて、俗に北極室と呼んだ。その近くの洗面所も三畳位で流しが広く、兄達はその上で水を浴せられたそうだ。アメリカ育ちの父の考えか、女の子より男の子を厳しく育てようとしたらしい。赤い絨緞を敷いた書斎を赤間と呼び、緑の絨緞の客間を青間と呼んだのも、ホワイトハウスの部屋の呼名をまねたものではないだろうか。女中部屋を三階に作ったのは、父と設計者のアメリカ人の考えだったが、日本では通用せず、古い日本家屋に渡り廊下をつけ中二階の二間が女中部屋として使われた。主家の内にも女中部屋はあったが、何分八人の子供にそれぞれ、お付きと称する人、一般の用をする者、台所専門など人数も多かったのでその部屋も多かった。

更に奥を取仕切る老女がいて、下町の生れでしかも粋なしっかり者の婆さんであった。

明治四十四年に出来た家だが、子供用と客用のトイレは、水洗だった。一般の家では珍しかったようだ。大世帯でこの他八つ位トイレがあった。

日本家屋の方は八畳か十畳か忘れたが、三部屋並び、お正月のお膳は、そこへ並んで食べた。廻り縁の外に棗（なつめ）の手洗鉢（ちょうずばち）と、梅の木があって、初春の光で障子に影を写していたのもなつかしい。御節句もその部屋で雛人形を飾り、古くいたお手伝さん達がまねかれ、同窓会のようだった。それぞれ家庭を持っているので、ぬた等で簡単に自分の食事をすませ大方の御馳走は折に詰めて持ち帰る人が多かったようだ。

当時のよその家は知らないが、母は使用人を大切にする質で、盆暮はもちろん、毎月一日に五十銭だったろうか、何でも買って食べさせた。丼（どんぶり）物位食べられるねだんだったが、私のばあやは、甘党で全部もち菓子を買って食べていた。母は芝居、旅行などにも行かせて、皆に慕われた。

後年、私が岩田に嫁ぐ時、岩田が興信所で調べたところ、母のことを「女中に出すなら駿河台の吉川(きつかわ)様」と書かれていたといわれ、娘として嬉しかった。母は人前では物も言えぬような恥ずかしがりの女だったのに、実子の姉達よりお聟さん達の方がよく訪れ、兄の友達の若い男性が「おばばさま、おばばさま」と慕ってくれたのはどうしてかと思う。

話がそれたが、先に書いた三部屋を一の間、二の間、三の間といった。子供の頃作文で、「オニノマ」とかいたところ、若い先生に「鬼が出るのですか」ときかれ、内心先生の物知らずと思いながら、いやな気がしたことがある。

寝る時は多分とうやと寝たように思う。電燈はすでにあったが枕元に「ありあけ」という洋燈(ランプ)がおかれていた。四角の底辺が少し大きい高い台の上に丸い穴のあいたくもりガラスのほやがあり、その内の小皿のとうしみに灯をつけて一晩中ともしてあった。上の丸い穴の光が天井をてらすのを寝つかれぬままながめていたことが多い。

ガーデナさんの洋館の出来る前は、この三部屋の裏に洋風の広い部屋があって、一段高くせまい畳敷の所がついていた。外国育ちの父の居場所であった。

母の里、加藤家のこと

母の父、加藤泰秋は、旧大洲（愛媛県）藩主だった。東京では下谷御徒町に関東大震災で焼けるまで住んでいた。かなり広い屋敷で、庭はその後小公園になって今も残っているときく。祖母は徳大寺家から嫁し、西園寺公望公の妹だった。男三人女三人の子を産んだが、泰秋には祖母が嫁ぐ前すでに男女二人の子供がいた。

今ならばオジイチャン、オバアチャン、と心おきなく甘えられるはずなのに、私には当時、母の里へ行くということはたいへんな重圧であった。私はその頃神田駿河台東紅梅町に住んでいたので、人力車で母の膝の上に乗り、上野広小路を通って、右へ曲りやがて左の方へ入って行くのだが、厳めしい長屋門に近付く頃は、胸がドキドキして緊張感が高まっていた。

　家を出る前に、「御行儀をよくするのですよ、お言葉に気をつけて」等々、まわりの者から注意された。

　広い敷台のある玄関に入ると、まっすぐ畳廊下があり、左は腰高の窓から内庭が見え、右はいくつかの客間が並んでいた。母の後からおとなしく進み、先ず右手奥の祖父の部屋に挨拶に行く。前は広々した池の見える庭であった。せいぜい丁寧にお辞儀をして、もじもじしながら母の立つのを待つ。次に祖父の部屋の裏手に平行して建てられた一棟に住む祖母の所に挨拶に行く。お菓子などが出てひとしきりいたが、何を話したものか、母にも今の親子のような振舞はぜんぜんなかったと思う。そういう時、持て成し役は老女のさきという人で、奥のことを取り仕切っていて、祖父の側妻になる人だった。私達もさき、さきと呼び捨てにしていたが、祖父没後も、祖母の晩年、側に仕えて仲よく過していた。妻妾同居というのだろうか、今の人には考えられないことかもしれない。

　お正月には猿廻しだの、獅子舞が来て、邸内の人達も一緒に見物して楽しんだ。祖母は帰る時、よく、ガラガラをくれた。これは大きな最中（もなか）の皮のようなもので、桃や蛤形に作られた中に、子供の好きそうなおもちゃが入っている。松崎せんべいの店で見かけたように思うが、祖母のガラガラは特製とみえて、ずいぶん上等の物が出てきてうれしかった。

帰り道、上野のどの辺だったか金華糖を売っている店があった。猫だの花だのきれいに色付けされた甘い甘い飴菓子で、子供心をさそった。母もあまり衛生観念がなかったのか、よく買ってくれた。私の歯が子供の頃大方虫歯になったのも、このせいのように思われる。ご褒美につられて、コチコチで行った私と違って、異端者の従姉が一人いた。母の妹（窪田）の長女で、父親が外交官のため、叔母もいそがしかったのか、よく里の加藤に預けられていた。私のように恐々では、とても居られないが、この広い家を縦横に遊んでいたようだ。並べられたお膳を、あちこち突いたりして、さきを歎かせたらしい。内玄関の横あたりの長押に薙刀（なぎなた）だの、槍だの掛けてあった中に、袖搦（そでがらみ）という物があったそうだ。従姉はどうしても手に取ってみたくて、当時御家来と呼ばれている一人に、むりやり頼んで、おろしてもらったが、つい振廻してしまい、その男の袖に見事絡んで片袖をもぎ取ってしまったそうだ。悪くいえばおてんば、才気煥発の彼女は、母校雙葉女学校でも「くうち（窪田）」と呼ばれ有名だが、年をとってからも海によく出かけたり、ヨットや無線の免許もいくつか持っていたようだ。私と年が近く一番親しくしているが、その他いとこは大勢いて、祖母は孫会と称して、千葉県の稲毛に汐干狩に連れて行ってくれたりした。

また国府津に別荘があって山に蜜柑がたくさんなったので、蜜柑狩にもよんでくれた。この時はお伴だ何だと人数も多いので、汽車を一輌借切りで行った。帰りは枝についた蜜柑を振廻したり大にぎわいであった。

母の兄弟は、母の生れる前すでに二人いた。長兄は正妻の子でなかったので相続しないで、留学中に結婚したカナダ人の女性と暮し、北大の農科の教授であった。子供もなく異国から来た女性と仲よく暮していたが晩年会った時も、日本語が変なのでおかしかった。

母の姉も伯父と同腹だったが、はじめの結婚に失敗し後年私の父の兄と再婚した。人間の運というものはどういうものかわからないが、伯母は駿河台の家の他にも岩国、宮島、伊東、東京でも今戸の隅田川のほとりに別荘を持ち、一生、悠々自適の生活をしていた。色々思い出はあるが、淋しくもあり、決してめぐまれた人生ではなかったと思う。

母のすぐ下の弟は家を継いだ叔父で宮内官だった。

その下の妹が土方家へ嫁ぎ、赤い伯爵といわれた新劇の土方与志（ひじかたよし）の母である。すべすべとしてきれいな肌をしている人だった。若くして未亡人となり一人息子を育てたが、与志は新劇にすべてをかけ妻子を連れて日本を去ってしまった。当時の日本のことでことに伯爵という肩書を背負わされ、叔母はどんなに苦労したことであろう。遂にフランスから息子を連戻すため、一人の供を連れて海を渡った。今のように我も我もと行く時代ではない。頭痛持の病弱な身体で、人目をはばかり、船室内での長い旅はどんなに苦しみであったろうか。

次の弟は騎兵の将校だった。その次の弟は、西尾という子爵に養子に行き、貴族院議員だったが、競馬協会の役員として活躍していた。

次が妹で、前に書いたいとこの母である。娘時代どうしてもアメリカへ留学したいといって、その頃としては珍しく一人で渡米した。

その下にさきの産んだ弟妹が三人あった。いずれも美男子で、一番下は北海道の伊達（だて）家に養子に行き、いつかテレビで見かけ、おじいさんになってもこんなに美男子なのかと思った。

祖父はいかにも殿様らしく、細身で背も高く、威厳のある風貌であったが、祖母も福子（とみこ）という名にふさわしく、ふくよかな顔、姿であった。西園寺公望さんの妹だけあって、頭もよかったのであろう。西園寺さんは、母の兄弟達のことも何かと心にかけて下さったようで、母の結婚も父の若き日ベルリンへおともしたりしてお目に止って結ばれたものと思う。したがって、加藤家へも時折こられたらしく、或る日、酒肴が出ても、御飯がいつまでも出ないので「今頃田植でもしているのだろうか」と独語されたそうだ。殿様そのものの祖父には何のことかわからず、祖母がおろおろして困っていた、という話を後年、秘書の原田（私の姉の夫）におっしゃったそうだ。

西園寺さんのことを書いたついでに、二、三、思い出を書きしるす。

母は京都に行くと、母の祖父母である、徳大寺家のお墓（黒谷）へかならず参詣した。墓所に入る所の白壁の土塀の前に並んだ南天の実の赤さが、今でも目に浮ぶ。ある時、田中村の清風荘（西園寺家）へお訪ねした母について、姉（秘書原田の妻）とその子供と私も一緒に伺った。姉の子はまだ小さくて、お側にいては邪魔なので、お花さんがお庭に連れて行ってくれ、私もそれについて外へ出た。田中村は修学院の西の方に当ると思うが、ずいぶん昔のことで鄙びていたし、京を囲む山を借景に広々した芝生の左の方に築山があって、その辺から細い流れが一本お庭を通っていた。そこに小さな蛇が出てきたので、甥と一緒に「蛇だ、蛇だ」とさわいでしまった。もっともっと拝見すべきものがあったろうに残念である。ともかくお天気のせいもあったのか、お庭もお座敷も晴々した感じだったことを覚えている。

西園寺家は琵琶のお家とかで「弁天様に遠慮して正妻はもらえないのだ」と世間でいっていたが、昔はおきくさんという、新橋出の方がおそばにいた。母にとっては西園寺さんは御仲人さんであり、伯父の奥さんともいうべき人だから、ずっとお付合いを続けていた。関東大震災の前、大磯に西園寺さんの御別荘があり、母も嫁ぎ先の吉川のやはり大磯にあった長者林の別荘によく行ったので、時々おたずねしあっていた。その頃はまだ珍しい、フリージアの鉢植をいくつもいただき「これはおきくさんがおつくりになったのよ」といっていた。フリージアは母の好きな花で、今も一月二十六日、母の誕生日に、何となく飾りたくなる。西園寺さんの一人娘、新子様を生んだのもおきくさんである。六本木の少し先、飯倉町の坂を右へ下りた所に、新子様のお家があり、その御門の左前に、おきくさんは晩年住んでおられた。母とよく伺ったし、その頃少し習いおぼえた三味線をさらってあげようとおっしゃり、たしか「小鍛冶」

を御一緒にひかせていただいたことがあった。今思うと本当に赤面の至りである。

西園寺さんがなくなられた時、おきくさんは何の御病気だったか、聖路加病院に入院していらした。西園寺さんの葬儀の日、お淋しいのではなかろうかと思って、病院にお見舞に行った。国葬で世間は何かとさわがしい時に誰一人おそばにいる人もなく、小さなお体を病院のベッドに横たえていらしたお姿は忘れられない。

父のこと

父吉川重吉（きっかわちょうきち）は大正四年の年の暮れ、私が四歳の時亡くなってしまった。その時のことはかすかな記憶が残っている。

私の幼い頃は、すぐ上の兄経吉と二人、大磯の長者林の別荘に暮すことが多かった。ある朝、夜中にひどく雨戸を叩く音がしたと、まわりの者が囁き合っていた。そのうち、東京から人が来て、部屋の入口で丁寧に頭を下げ、父の亡くなったことを告げ、

「お迎えにまいりました」

といった。

当時は電話もなく、直ぐ知らせられなかったのだろうが、夜半戸を叩いて父自身が

別れに来たように思われる。私は何のことかわからぬまま、駿河台の家に帰った。

神式で内外清々しい飾り付けの葬式の準備が始まっていた。

一年前に三男を亡くし、続いて夫に先立たれた母の心中は、いかばかりだったろうか。父は谷中の墓地に埋葬された。

昔は墓地内に小屋を建て、百日祭頃まで、寝泊りして番をしたそうだ。お茶屋のおかみさんが、小屋に泊る書生さんに、般若湯（はんにゃとう）を届けたものですといっている。

吉川（きっかわ）の家は始祖経義（つねよし）の頃は駿河吉河邑（きっこうむら）に住すとあり、岩国の前は鳥取の方に居たそうだ。

吉川藩は本州の最西端に位置する毛利藩の支藩として、一番中央に近い岩国に居を定めていた。元は藤原氏の出で八百年を越す古い家だという。現在は三十一代目に当るが、そのうち、二、三、歴史に残る人として十五代に毛利家より元春が入り、その孫広家（ひろいえ）は、三方を川が囲む横山に築城し、屈強の要塞とするのに、水路を変え外堀とし、川筋を固定するために竹藪を植えたのが今も残り、私も若き日蛍狩りをした所である。広家は関ケ原の戦の時の武将で、大坂城引渡し後、毛利家の処分問題で一方ならず苦心されたと聞く。

その孫広嘉(ひろよし)は病弱だったので、明から亡命して来た医僧独立(どくりゅう)を長崎から迎え、詩友として付合っているうち、独立の郷里、西湖の橋の話から錦帯橋の構造を思いついたという。

次の名君としては、最後の殿様ともいうべき二十八代の経幹(つねまさ)、即ち私達の祖父になる人である。武技にも励み、りりしい若者だったが、十六歳で大病し、快復後は養生の日々を過したがなかなかの切れ者で、終生、毛利藩を輔けて、維新の鴻業を翼賛し、賞典を下賜せられ、爵位を授けられたという。

父重吉(ちょうきち)は安政六年十二月二十四日(一八五九年)夕、仙鳥館(せんちょうかん)で経幹の二男として呱々(ここ)の声を挙げている。

その頃の社会状態は、米国のペリー提督の来航によって、大革新の気運が盛り上りつつあった時で、外観は、幕府は古い国法を維持し、天皇は、朝臣と共に京都にいらして、将軍は江戸に於て支配していた。多くの諸侯は、その領土に小天地を築いていた。岩国領も、城郭を横山におき、何か急変の場合に備え、血縁者の邸を近くにし、住人も階級で区別されていた。

祖父は城といっても堀に囲まれた館に住み、道を隔てて藩政を行う役所と向合っていた。

父は、兄と共に仙鳥館に住まっていた。当時ここに仕えていた人員は、侍女、乳母、下女、家事を司る人、侍士、侍童、書記、会計、賄、雑役夫等、色々の役名があり人数もたいへんなものであったらしい。侍医も毎夕来診しその数八名から十名とある。食事も侍者が毒味してから食べ、果物はほとんど許されず、甘い物は与えられたというのも、当時の習慣や衛生思想だろうか、体育も、せっかく近くにあるのに錦川で泳ぐことを許されなかった。食事以外は自分で用を足す機会もなく育てられたので、例外もあろうが、大名家に育った者は、概ね何事も器用に出来なかった。

そこで父は、自分の子供には、近代衛生理念に従い、その健康を促進出来る運動をさせ自分のことは自分でする習慣をつけ、肉体及び精神機能を鍛えるべきであると考え、お前達は臆病で忍耐力に乏しいように思われるから、自分の死後も特にこの点心がけて、本質や遺伝性の欠陥を自分の品性の養成をもって克服しなければならない、と英文で書かれた自伝のなかで書体を変えて特筆している。
　ここを読んで私は、「まいった」と思わずにいられなかった。いつも傍に居て手伝ってくれていたばあやのとうやが何事も器用な人だっただけに、何でもしてもらえばすむように思い、人を頼ることばかりで、自分を鍛えることをしなかったため、この年になっても何も出来ず、今の若い人のように教育を受けなかったとか、もうこの年だからとかと、自己弁解で通している。人のことは何でも感心ばかりして、「感服院夢脳大姉」という戒名を勝手につけている。夢脳とは、無能という意味ばかりでなく、この七十余年を夢、現（うつつ）に過してしまったという意味も含まれている。

　父は当時としては変った経歴を持った人で明治三年（一八七〇年）十一歳で上京し、開成学校に学び、翌年の冬、岩倉具視大使一行の欧米諸国巡遊と共に渡米した。父の保護者達はこの好機に父を托して海外留学をさせようという大胆でしかも賢明な措置に出た。しかし経費の支出はもとより、父の健康もこれに適するかということもあり、これを決める周りの責任は重大なものであったろうが、進歩的考えの盛んであったことと、将来成功するのには、海外の新知識を積むにこしたことはないと信じられ、父も新しい世界を見るために深く考えることもなく同意した。十二歳だったが、聞くところによれば、津田梅子女史を始め、同年輩の子供がかなり参加していてにぎやかだったそうだ。

そして父は一生の大半を海外で過すことになった。

河上徹太郎先生は同郷人として、吉川家のことを度々書いてくださっているが、父のことを、「一言でいって、彼は大名、武士、紳士、この三要素を組合せた典型的な明治人である」

といわれ、

「誰かが経幹のことをきまじめ殿様と呼び、これが彼の生き方を限定した名文句だと思ったが、重吉はきまじめ二代目である。動乱に処する経幹の在り方がそのまま開花期に生き育った重吉に伝わっている」

ともいわれ、この十二歳の子供がニューイングランドのピューリタニズムを発見したのは武士気質によってであった、と書かれている。

明治五年（一八七二年）九月、最初の宿泊先である引退した宣教師フォルサム氏の家族と悲しい気持で別れを惜しみつつ、コンコードを去って正規の学業をつむためにボストンに行った。そして父は明治十二年（一八七九年）六月までの間に二校に学び、米国の子供が受ける一般普通教育を受けたので、思想も自然それに影響されたと思う。二校共成績はよく、最後は優等生として卒業し、成績全般に対して、第一等金牌を、デクラメーションでは第三等金牌を、英作文では「テーヤー」協会の賞牌をいただいたそうだ。

少年の心は柔かく、何にでも染みやすいが、ボストンおよび、ニューイングランドにおいて受けた感化は大きかったようだ。

ハーヴァードにおける父は、明治十二年（一八七九年）六月、試験に合格し、十月より入学した。喜びと満足に溢れつつ誇をもってマーシュー館の二十三号室に入った。必要な家具の揃った一室の主人となり、独立生活をし、一青年としてでなく若い紳士として、他の紳士と交際するようになった。（その建物は今もあると聞く）

ケンブリッジにおける四年間は、父の一生を通して、最も輝ける時期であり、その思い出は消えることはなかった。その間に受けた物事は、単に学業ばかりでなく、学風より得た様々なことは、最上の教育を受けたこととなり、ハーヴァードの課程で教育の基礎を築き上げることが出来た。明治十六年（一八八三年）七月、大学卒業後、ヨーロッパに渡り、イギリス、スコットランド、オランダ、ドイツ、スイス、フランス、イタリーを廻り、英国より乗船し、その年の十二月日本に帰った。長い間外国で過したために、生れ故郷も外人のような感じで、日本語は話せてもほとんど読めなくなっていた。ひたすら周りの事になれようとし、国文、漢文の勉強を一八八四年の夏まで続けた。

当時の外務卿、井上馨伯に見出され、外務省に勤めるように薦められたが、母国に関する知識に欠け、しばらく一学生として勉強したく、もし入省すればまた海外へ出なければならないので、かたくおことわりした。しかし、あまり熱心におすすめになるので、遂にお受けすることとなった。以来井上伯は父の保護者、忠言者として、一生お付合するようになった。

幼い頃は世間の父親像を見て「なくて幸」位に思った日もあったが、長じて父の郷里岩国へ行った折に、錦川の上流の山に、明治の半ば、植林し、それが美事な山林となっているのを見て、一抱えに余る大木を仰ぎ、初めてつくづく父にまみえた気持と、懐しさを覚えた。

子供達に対しては、アメリカで身につけた正直や規律をやかましく言い、厳しい一方で、土曜の晩は書斎のストーヴの周りに子供達を集め、世界の美しい絵葉書を見せながら、よもやまの話を聞かせ、英語を教え、クリスマスには、自分があちらで味わった楽しい催しをして喜ばせてくれ、幼い子には自ら絵本をかき、読めない本にはカナをふって与えたという。チビでお相伴出来なかった私には、うらやましい光景である。

自身純潔を守るばかりか人に対しても求めるところがあって、料亭での宴会等をきらって、身分不相応な家を建て、内外のお客様を家でもてなした。そのような家を建てるのにも、分家の父には財力がなく、本家から借りたが、その本家の財政は、例えば岩国や千葉に植林する等皆父の考えによるものでありながら、わずかの費用でも日記に細々と印し、後日必ず清算していたと、兄はその几帳面さを話してくれた。

自分は日本の学問が足りぬからと励み、庭の隅の書庫から本を抱えて出てくる父、書斎の椅子にうもれて本を読み耽る父の姿が、一番印象に残っていると長姉が話してくれた。

昭和五十年、初めてクイーン・エリザベス二世号が日本に立寄った時、思いがけなく私宛てにダイレクトメールが来た。手に取ったとたん何かそれに乗らねばならぬような気がしてしまった。とはいえ国外に一歩も出たことのない私のことで大分迷ったが、若い人達のグループに入ってハワイまで行った。

夕暮れ迫る横浜港に停泊したこの巨大な船のデッキに立つと、見送り人の声もやっと叫び聞える程の高さだった。お腹に響く汽笛の音と共に、小さなタグボートにひかれて、わずかずつ岸壁を離れて行く。真上に輝く明るい星を仰ぎ、その星がなぜか私を見守ってくれる父のように思われた。遊ぶこともよく遊んだが、デッキチェアーに横たわりながら、島影一つ見えなく果しなく続く海原を眺め、外輪の小船で一人渡って行った父のことの想に耽った。

船好きの私は、次にクイーン・エリザベスが日本に来た時に、また乗ってしまった。今度はグループでなくたった一人で父恋の旅がしたかったのである。

おばあさんが一人で乗るのは日本人ではあるまい、中国人だとはじめ周りで思ったそうだ。

やがて、隣のテーブルのアメリカ人夫妻と付合った。私は父のことを話し、持っていた父の自伝を貸したところ、たいへん感激して、一晩に二回も繰返し読んだそうで、私を自室の食事に招いてくれた。大富豪らしく、上等のキャビンで、別のエレベーターに乗った。船の窓は波のため開かぬものと思っていたのに、小さいバルコンがつき、そこへ出られるようになっていて、部屋に海風が心地よく吹込んで来た。先方は二回も読んだというのに私は飛し読みしかしていなくて、英語もわからない上に、その頃は岩国の地名もよく知らず答えに困った。御馳走になり、私には入れぬよい部屋で一宵を過し、すっかり嬉しくなってこれがおそまきながら父のプレゼントなのだと思った。

八人兄姉

私は八人兄姉の末娘である。

長姉英子は、明治二十六年（一八九三年）生れ。私とは十八歳も違い、私の赤ん坊の頃、英国へ留学した。父は南満洲鉄道で長春まで送っていった。当時の英国大使、井上勝之助侯が同郷の誼（よしみ）で、お願したようだが、預けられたのは、サー・オリヴァーロッジというバーミンガム大学の学長のお家で家族も多く、召使も多く、サーとつくからにはきっと上流家庭だったのだろうが、毎夜食事の時は、イヴニングドレスを着なければならなかったそうだ。姉は上等の服を持っているはずもなく、井上大使夫人におねだりして、夫人のフランスで買われた服の、店の名札を、後首の所に取り付けたと話してくれ、娘心を現わしているようで面白かった。

後日、徳川夢声さんは、サー・オリヴァーロッジは、心霊術の研究家と教えて下さった。

滞在中、第一次大戦の雲行きが怪しくなり、帰国することになって父はコロンボまで、迎えに行って帰った。

久々に会った父に話すのに、日本語が恥かしくて困ったと言っていた。長い留学でなくとも、あの頃は日本人と話す折が少なかったと思う。三歳位の私も出迎え、帰りの自動車の中で、当時流行った「カチューシャカワイヤ」という歌を、得意で歌ってきかせたのを思い出す。

父はその後病床につき、従って姉の結婚も急がれたが、当時海外へ出た男性は少なく、洋行帰りの娘は敬遠され、なかなか決らなかったが、原田熊雄（男爵、後の西園寺公秘書）と結ばれ、大正四年十二月、結婚式を挙げた。

同月二十七日父は亡くなり、姉達は新婚旅行から、呼戻されたそうだ。

義兄は、父を亡くした弟妹のために、聟頭（むこがしら）と自称して、本当によくめんどうをみてくれた。

長兄元光は明治二十七年（一八九四年）生れ。吉川本家には、女子（芳子）一人なので、その人と養子縁組をして、本家の後継ぎとなった。芳子は、母を早く失い、私の母が育てたので、同じ屋根の下に兄妹のように育てられた。

本家の広間で、小笠原流の結婚式を挙げた。

その時はじめて見た重々しい式の有様を、子供心にも覚えている。しかしこういう婚姻は、やはり不自然だったのだろう。父も、父の兄である養父も亡き跡を、家長としての兄は職にも付かず、あのピューリタン的とでもいう父とは、およそ違った人生を歩んでしまった。気の毒な姉は、家付娘でありながら、兄に従って、一生を送った。

三番目は春子と言い、明治三十二年（一八九九年）生れ。華やかな性質で、原田の兄の友人で学者の和田小六（東京工業大学学長・木戸侯爵の弟）と結婚した。神田駿河台に住んでいた頃、婚約者の姉のところに来るのに、真赤なインディアンというオートバイに乗り、鼻眼鏡のおしゃれさんだったが、子供の私は、オートバイの爆音に怯えて、耳を塞いだものだった。あの頃は、婚約者でも二人きりの外出は憚られたものか、いつも私が連出され、花月園等に連れて行ってもらった。

「電車の中でいつもお前のうしろで手を握り合っていたの知らないだろう」

と大人になってから言われた。世間では偉い学長さんの若き日の姿である。


次の姉寿子は明治三十五年（一九〇二年）生れ。私と九つ違い、十八歳位でお嫁に行ったが、それでも私と少しは一緒に過した。家が広く、夜トイレに行くのが恐くて、誘い合ったものだった。姉の婚礼道具は釣台（板の両端に竹をわがねてつけ、これに棒を通して前後から舁（か）いて嫁入道具など運んだ）が萌黄（もえぎ）の紋入りの布を掛けて門前の御影石の塀にそって並んでいたのを覚えている。中野の嫁入先までかついで行ったのだろうか。結婚相手は、膳所（ぜぜ）の旧藩主、本多子爵で、はじめは内務省勤めで、浦和や、静岡に赴任していたので、泊りがけで遊びに行った。浦和の時は小高い丘の上で下は一面の田畠が広がり蛙の声がやかましかったがあの辺も今どんなに変ったことだろう。その後宮内省に入り麴町の官舎に住み、夕方神保町あたりを散歩したらしい。若い時、姉妹中一番美しかった姉と、義兄も評判の美男子で人目をひき、新聞の小さい欄に「夫婦雛（めおとびな）が歩いているようだ」と書かれたことがある。当時宮内省勤めの記者さんが、

父母と兄姉たち。中央母に抱かれているのが著者

後年私が岩田と結婚してからその話をしていた。岩田は私の兄姉とも会わずに結婚したので、二番目の兄の重国（しげくに）が皆を招いて紹介した時、帰ってから、あの姉さんをもらえばよかったと残念がっていた。私と違い、母そっくりの物静かな人だった。

明治三十六年（一九〇三年）生れの二番目の兄の重国は里の当主となって昔から父代りであるためか、私を可愛がってくれ海水浴にもスキー場にも連れて行ってくれた。大学卒業後イギリスに留学した。その頃私は女子学習院の卒業一年前だったが、ついて行きたくてたまらず、兄は来年呼んでやると約束して、一人立って行った。向うから度々私の洋服を送ってくれ、恋人でもあるかのように毎週手紙を交換した。船便の頃で次の便が待たれた。和歌も幾つか入っていた。その歌からヒースやハネーサックルの咲乱れた原野を頭に描き、私はまだ見ぬイギリスの田舎にあこがれた。

行く時は少し心配そうだった兄も、一年立つとすっかりあちらに馴染み、妹に来られては困るようになったらしく、アルバムの中にそれは美しいガールフレンドが写っていた。帰国後は宮内省の式部職に勤め、海外の賓客の接待役として羽田に御出迎するのが、いつもテレビに写った。我兄ながら、すてきだと思って見たが、今も容姿を褒める人があるけれど、あの頃のことを思うとがっかりしてしまう。

三番目の兄重武は明治三十八年（一九〇五年）生れ。小学生の時破傷風で亡くなってしまった。私の三歳の時だった。背の低い私を抱いて窓からスノーボールという白い犬を見せてくれたことのみ覚えている。母は余程悲しかったとみえ、当時のことを聞くと、それだけはやめてくれといった。

四番目の兄は明治四十年（一九〇七年）生れで経吉といい、平佐姓になった。私とは四つ違である。駿河台時代近くの学友も皆学習院なので、兄妹一緒にいつも遊んだ。馬に乗りに行ったのもその頃で、競馬ごっこの相手でもあった。兄は気立のやさしい人で、相手が女の子だから余計控目にするので「ツネジイ、ツネジイ」とあべこべにいじめられ、妹としては可哀そうに思ったこともあった。子供の時から伝書鳩を飼い、動物好きで、結婚後は千葉にあった父の植林した土地（成田空港となり他に替った）に競走馬の牧場をしていた。

「子を見る事親に如かず」というが、母は、おとなしい本多の姉と、この平佐の兄のことを死ぬまで案じていた。その頃、私は最初の結婚相手の松方勝彦に死なれ一人勤め出した頃なので、「ナンデ私のこと心配しないの」と怒ったが、この娘はどうにか生きて行けると、母の勘で思っていたらしい。しかしよくしたもので、経吉兄は宇和島藩の伊達さんの妹さんと結婚した。その方は私と違い馬にさわったこともない人だったろうに、兄を助け牧場の仕事をし、馬の出産の時は側に寝て世話をしたと聞く。二人共年をとり今は町の近くに移ったそうだ。

明治生れの八人兄姉も今は和田の姉春子と吉川の兄重国、平佐夫婦と私だけになってしまった。兄弟の中でも、上の二人を別にして、極端におとなしい本多の姉と平佐の兄、さわがしいのは和田の姉と私だと人は見る。重国は「オレハドッチダ」というので周りで笑う。同じ母の子でもずいぶん違ってしまう。たくさんの兄姉がいながらオトンボの私は子供の頃は大磯の別荘にやられ、父も死に、兄姉も外へ出た後、母と下の兄の三人暮しだった。

松方へ嫁いで三年、その後また一人暮しが続き、大世帯の家をうらやましく思うが、一人住いのわがままが昂じて、もうそういう世界に溶けこむことは出来まい。これも運命というものだろうか。

大磯長者林の別荘

学齢前の頃、私とすぐ上の兄経吉は、大磯の長者林の別荘で過すことが多かった。東海道（現在は国道一号線）の平塚寄りで、前は低い砂丘を越えてすぐ相模湾が広がっている。後には高麗山（こまやま）が聳（そび）え、いかにも避寒地という場所だった。今はすっかり変ってしまったが、村井さん、根津さん、渡辺さんなど、財閥の広い敷地を持った別荘が並び、その先は唐ケ原と言っていた。夜そこで狐が啼くといって恐がったものである。家の庭と畠の間及び門前に小川が流れていた。灌漑用水であったと思う。川の石垣の間から、赤黄黒と斑（まだ）らな弁慶蟹が大きい鋏を持上げて歩いているのを糸にたくわんをつけて釣るのが楽しみだった。

台風が来ると、その小川が溢れるので、早目に、女子供は山手の長生館という旅館に避難した。嵐が治まり家へ帰ると、庭は水浸しとなり盥（たらい）を浮べて遊んだり、養鰻場から流れて来たうなぎを取ったり大さわぎした。子供達にとっては、台風の恐ろしさより、この後の遊びがうれしい思い出となっている。根津さんの門の辺りは大きい黒松が並び、昔の街道はこの辺を通っていたのではないかという話も聞いた。これ程大きくない松だが、どの別荘にも松が多く、それにハンモックを釣って昼寝をした。その下には吾亦紅（われもこう）、刈萱（かるかや）、女郎花（おみなえし）などが自生していて、家の外だが海辺に近く、河原撫子（なでしこ）が生え「天然記念物」という札が近年まで立っていた。隣の根津さんのお庭で、おこそ頭巾を被った女の人が、籠を手にして松露をよく取っているのを見かけた。

　私のばあやが、

「あれは根津さんのオメカケさんだ」

といったが子供にはその意味がわからず、目のどこが欠けているのかとのぞいたりした。裏木戸を出て海岸の方へ行くと、砂丘に浜豌豆（えんどう）や、昼顔が咲いていた。花水川の支流がその辺まで流れて池のように溜り、波もこず、危なくないので、そこで泳いだり、蜆（しじみ）取りをした。少し大きくなってからは、赤い帆の付いた小さいヨットを買ってもらい、かわりばんこに乗って遊んだが、今の子に較べてなんと楽しい遊びが多いことだったろうか。

地引網も楽しみの一つだった。子供のことで邪魔にこそなれ、引張っても蠅が止った位だろうに、取れた小魚をいくらかでもくれるので、自分で取ったように得意顔で、持帰った。庭番の虎造というおじさんは、内職に網引きを手つだい、持帰った鰺を干して夕食に食べていた。そこへのこのこ上り込んでは食べさせてもらったが、不思議と魚屋で買って家で食べるよりおいしく思えたのがおかしい。

学校へ行くようになってからは、主に夏休みに行ったが、汽車も不便な時代なので、一カ月以上滞在するために、いくつも柳行李に荷物を詰め、チッキで送った。滞在中は、日々海水浴場通いだった。大磯は海水浴場発祥の地といわれ、照ケ崎は、大磯の名にふさわしい磯が小さい湾のような所を抱えて広がっていて、その辺は波も静かだった。磯には汐の干いた後水溜りが出来て小さな魚、小がにがいた。足の裏の痛いのをがまんして磯の上を飛び歩いてつかまえる楽しみもあった。

砂浜に並ぶ茶店は、真間長五郎だの、長岡、いづ竹など、それぞれ、当時華やかな別荘族を、得意客に持ち、赤い毛布を敷いた床几（しょうぎ）に、腰をおろすと、甘い麦茶をサービスしてくれた。裏手の葦簾(すだれ)で仕切った所に、着がえの棚があり、大きな樽に真水が満してあった。泳ぎに行く時は、長方形の布に竹を通し、三角のテントのようにしたものを、並べて建てる。そしてジイヤと呼んだが、褌(ふんどし)姿の漁師が、大きな浮輪を持って、ついてきてくれる。兄達は波乗りだ、ボートだと、それぞれ友達と遊ぶ。ともかく今のようにマイカーで、日帰りする者はなく、一夏中暮す連中なので、皆顔見知りであるから、うっかり来た者は、他所者(よそもの)という目で見られた。

この浜辺と街をさえぎるコンクリートの塀（防波堤）の上に小さい掛茶屋があって、おばあさんが栄螺(さざえ)の壺焼を食べさせていた。原始的といおうか何も手を加えない、お醬油だけの辛い味だったが、硬くても平気でおいしいと思った。

もう一軒の茶店、これは、平塚寄りで東海道の街道と、汽車の線路が交叉する所に、踏切りがあったが、街道の松並木の続くこのあたりを、化粧坂(けわいざか)といった。大磯は曾我兄弟に縁のある所が多く、この近くに虎御前が住んでいて、化粧に使った井戸があったそうで地名となった。

そこに「踏切り団子」という掛茶屋があった。甘辛い蜜をつけた焼団子だったが、それを売っているお婆さんが、それこそ、七重の膝を八重に折り、とでもいいそうなおじぎをしてむかえてくれ、可愛いい狆を飼っていた。それと遊ぶことが楽しみで、時々立寄ったが、震災後とうになくなったのに姉達は、
「おいしかったわねー、今ないの」
と会うたびに聞く。

千畳敷の上の茶店のことも忘れられない。高麗山は御料林の広葉樹林の繁った山で、あまり人が行かなかったが、その続きの千畳敷（標高百七十九メートル）は頂上が平に開け（二・九ヘクタール）畳千枚を敷くほどあるといってこう呼ばれていたが、そこで自転車競走があったと聞く。そこに曾我の五郎の足跡という湧水があって、その側に小さな茶屋があった。今と違って遊覧者もめったになかったろうに草団子をお婆さんが売っていた。山の向うの万田という所から、毎日登って来るのだそうだ。歩き疲れた一休みに、本当においしかった。

山の枯芝の中には、すみれだの、土筆、春蘭、その他色々あったが、産毛の生えたような臙脂色の花をつけた翁草もあった。この花が好きでほしいと思いながら、長年見かけずにいたが野花ばやりの昨今、店で売っていたので、近寄ると九百七十円と札

がついていてびっくりした。いくらでもただで取れたのにとちょっと迷ったがどうしても欲しくて買ってしまった。

千畳敷の上からは、丹沢山塊が三百六十度のパノラマに広がり、茅ケ崎の方の海岸もよく見える。戦時中、そこから敵が上陸するといわれ砲台を作った。原田の姉英子はそれを作るジャリ運びをさせられた。土地の人は、「原田の奥さんは餌がいいから続くのだ」といったそうだ。姉も六十歳をこえ、大変だったろうと思う。今ここは湘南平と呼ばれテレビ塔も建ち、遊園地となっている。

毎年四月十八日は高麗神社のお祭りで植木市がたつ。周りには桜も多いがお祭りの頃は散ってしまうのに去年はおくれ、ちょうど満開だったのでついでに山の裏をまわって帰ろうと思い、車で湘南平まで行った。昔は大磯側から芒(すすき)を分けて登った山も、砲台造りのためよい道が裏側に出来て、両側は桜並木で花のトンネルになっていた。その頃、うっとうしい日が続いていたが、この日は珍しく晴天で暖かく、桜もまだ一ひらも散らぬ真盛りであった。花のトンネルもいいが、山の裏側に自然に生えた桜の木は、芽吹きの緑の中にまじって何ともいえぬ風情で美しく、こういう日にめぐり合った私は、なんと幸福者かと思った。

昔の大磯の浜の冬は鰤がたくさん取れ、大漁旗がはためき、港に運ばれる鰤の血で海が赤くなるほどだった。有島暁子さん（生馬画伯令嬢で原田の姪）は、子供の頃、たくさんという言葉をブリというのだと思われ、何かどっさりほしい時にブリほど頂戴といって笑われた。それほどブリが多かった。日本海の方では暮れに娘の嫁ぎ先に鰤を届ける慣わしがあって、昨今は一尾十万円もするので、娘が多いとたいへんだと新聞記事で見たが、昔は見物に行くと姉達は「一尾さげといで」といわれたそうだ。からかってのことだろうがたいへんなちがいだった。

長者林の別荘も大正十二年の関東大震災でこわれ、戦時中疎開のために小さい家が建つまでお別れになってしまった。

私の学校

大正七年、学齢に達した私は、姉達の通った女子高等師範学校の小学部を受けたが、おっこちてしまった。言訳がましくなるが、はじめに籤（くじ）があって、それにはずれてしまった。八人兄姉の内、女はお茶の水（女子高等師範・現在のお茶の水女子大学）、男は付属（東京師範学校・現在の筑波大学）で、女は袴の上に、マークのついたベルトをしめ、男は上の尖った先を曲げた帽子で、下級生は赤い房、上になると、白房の正帽姿が、我家ではずうっと続いていたのに私一人は、仲間外れになってしまった。しかし兄のうち、三番目の兄は付属に入っていたのに、どういう都合か、高松宮様の御学友になるために、学習院へ移った。その後この兄は破傷風に罹り、小学生の頃死んでしまった。兄姉八人のうち二人だけ入った学習院で、兄は高松宮殿下、私は妃殿下の、御同級生になったのも、不思議な御縁のように思われる。

学習院は当時永田町にあった。入学前火災があり、焼残った教室で授業があったけれど、その頃のことをほとんど覚えていない。入学試験といっても、難しいことがあったわけでなし、右、左、をきかれた時、右の手首にホクロのあるのを目印にしていたので、そっとこれを見て答えた。今もこのホクロを見ると、思い出す。

校舎は間もなく青山に新築されて移った。現在の秩父宮ラグビー場のある辺りで、校倉造ではないが似た感じの木を横に重ねた立派な木造であった。四角い太い木の門柱の間を入ると、真中に小松など植わった築山があり、向って右が講堂その他を含む本館で、正面突当りは下級生の校舎、左側は幼稚園になっていた。幼稚園に続いて供待部屋という、広い二間続きの畳敷があって、裁物台が並び、お嬢様達に付いて来て待っている女中さんが、そこへ上ってお裁縫をしたり、幼稚園の園長先生から、よいお話を伺ったりしていた。校舎の向うは、テニスコートが四、五面あり、体育館三棟、音楽教室も、それぞれピアノの入った小部屋が並んで、練習する音が流れていた。別棟に日本家屋の小笠原流のお作法教室もあった。校庭の一隅には花壇、温室があり、小動物の小屋も幾つかあったが、小熊が一頭いて、皆が祝日にいただく干菓子を、あまりたくさんやって、可哀そうに死んでしまった。

門の前は、今の神宮外苑だが、その頃は絵画館も、銀杏並木もなく、青山練兵場の跡地で、一面の草原だった。

家からは御茶の水駅で院線（鉄道院）に乗り、信濃町で降り、後はこの原っぱを通り抜けて通学した。冬は北風をまともに受け、風の嫌いな私は、息つくことも苦しいような日もあった。夏は、木一本ない炎天の下、一面クローバが生え、白い花を摘んでは腕輪、首飾りを作りながら歩いた。四つ葉のクローバを見付けた時は喜んで本に挿み、幸福の来ることを期待した。そうした乙女らしい時もあれば、バッタや蝶を追いかけて道草したりした。フランス語の、大入道のような先生が、一緒に取って下さったこともあった。これもお天気次第で、雨の日は市電で廻り道するか、人力車に乗せられた。あの幌を掛けた内の、何ともいえぬむっとした匂いは、どうもいやでならなかった。

宮様方は自動車で通学され、今と違ってナンバープレートはなく、それぞれの宮家の御紋がついていた。一般の学生は、今のマイカー族のように親が送ることもなく、自動車自体もごく少なかったが、財閥やら貧乏華族さんやらまじっていたから、自動車の人、人力車の人も少しはあった。ただ一つ違っていたのは、西郷侯爵姉妹の馬車通学で、二頭立の馬車は目立った。あの頃は順天堂の佐藤院長の乗馬姿だの、ひげをピンとたてられた長岡外史将軍の馬車なども見かけた。田舎ならともかく、大都会の東京でも、車一台通らない原っぱ通学をした私には、今の学童の登校姿を見ると、あまりの違いに、自分の年齢をつくづく思い知らされる。

男の先生は、海軍の制服のような蛇腹（じゃばら）のついた紺の詰襟、女の先生は無地の紬の和服に袴をはいていらした。

華族の子弟を教育する学校として、月謝や寄付ということは聞いたことがなく、先生は「霞を食べて生きている人」みたいに思っていたと、後年友達と話したことがあり、授業は、完璧なものだったし、有名な先生方にも教えていただけたが、私は何分根っからの怠け者、あの学校なればこそ、かろうじて卒業出来たというものであろう。

一般の学校のように遠足もあったが、春には浜離宮（当時は一般の入園は出来なかった）、秋には新宿御苑へ行くのが、本当に楽しかった。今とは違って、浜離宮は柵の外は海で目障りの物もなく、遠く御台場が見え海風汐の香が心地よかった。お弁当もお八つも、一味おいしかった。あまり手入れされてない一隅を田舎と呼んで、土筆（つくし）、のびる、たんぽぽなどの土産（みやげ）を競い合った。秋の新宿御苑は、菊を拝見して後は遊びほうけて一日を過した。

修学旅行というものはなかったが、卒業の前年、御大典の跡を拝見するために、初めて旅行が行われた。先生方はどんなに心配されたことであろう。私の同級には朝香宮紀久子女王と北白川宮美年子女王の姫宮がおられ、他に高松宮妃と内定された徳川喜久子姫がいらした。しかし御参加になったのは、北白川宮の美年子女王だけだった。

著者14歳の頃

初めに伊勢神宮参拝、二見ケ浦に泊って、翌日は奈良、三日目に京都へ入ったが、宿は、都ホテルだった。何の不都合もなく無事女子学習院第一回目の修学旅行は終った。

こうして、どうやら卒業の日を迎えた。皇后陛下の行啓があり、一同紫の紬の紋付とエビ茶の袴をつけ、門内の築山のある馬車廻しに整列して、お出迎えし、式場へ入る。毎年のことだが、太い丸柱の両側に並んだ木造の講堂は、まったく厳かで、身の引締る想いがする。

正面の壇上には皇后陛下のお座りになる椅子とその前に錦の布で被われた机がおかれ、それに向って学生の座るベンチが並べられ、両側の丸柱の外は、窓を背に来賓の椅子が並べられていた。

今は宮様方も色々流行の服をお召しになるが、その頃は、ほとんど同じ形の無地の色物で、丈一杯の長い洋服で、羽根飾などの付いたお帽子を被っていらした。

行啓の無い祝日の時は、壇上に奉安所が設けられる。布張りの四角いテントのようなもので、神社などでみかける。蝶、鳥、雲の模様の布で被われ、正面は御簾が下っていた。式が始まる時、主事の先生が、白手袋をはめた手で紐を引かれると、水を打ったような静けさの中で、シュルシュルシュルと御簾の巻揚られる音がした。

御簾の中は、両陛下の御写真の時と、皇后様だけの時とあった。その頃は天皇誕生日とは言わず、天長節、地久節といった。祝日の時お菓子を戴いたが、行啓の時は、大きな角切りの白木の箱に、羊羹、他二個の大きな和菓子が入っていて、白金巾の布に包まれていた。校歌はなく、「金剛石も磨かずば……」という昭憲皇太后のお歌を合唱する。私は大好きで、じっくりあのお歌を嚙みしめると、これほど人間の生きる道を説いたものは他に無いように思う。

昭和四年三月女子学習院を卒業。同級生の一部は高等科に進み、大方は家で花嫁修業という時代だった。私は、この生ぬるい環境からぬけて、どこか世間の風に当りたかったが、元々勉強しなかった罰で、望むような学校へは入れるはずもなく、その年ＹＷＣＡの中に出来た駿河台女学院に入学した。

駿河台女学院には、人に誘われたわけでもなく、広告かなにか見てさっさと一人で入ってしまった。あの頃の私はそういうところがあった。第一回生で学校も新しく、新進の先生から学習院時代には体験しなかった授業を受けた。

昔から大磯で友達だった島田真子さんの他は、初めて会う人ばかりで、聖心からこられた人が多かった。聖心もきまじめな学校であり、先日何年振りかで電話した当時の友人も、

「駿河台女学院は解放された感じで、ハイカラみたいな、バンカラみたいなおかしな所だったわね」

と話した。勉強よりも遊んだことの思い出が多い。

箱根に一泊旅行した時は、強羅に泊ったが、登山電車で登って行くうち、高い所に尖がった赤い屋根の可愛らしい建物が見え、あれに泊るのだときいて心が弾んだ。今の若い人はもっと可愛いいペンションに連立って行かれるが、その時は、「まあ、なんてすてきな所へ行くのか」と思った。

ところが終点につき近づいてみると、遠目ほどすてきではなく、部屋に入ると女中さんが蒲団を敷いて出て行った。みると六人なのに四枚しかない。呼びとめて、「六人なのですが」といったところさっさと一枚しまってしまった。つまり一枚に二人ずつ寝る安宿だったわけである。そんな思いをしたのは初めてで、ちょっと驚いたが若さは楽しみの方が多かった。

伊香保へ行った時は、ミス・カフマン、ミス・ボイスなど外人の先生と一緒に山登りをしたが、ニッカボッカというのが珍しい服装だったのを覚えている。

ある夏の夜、屋上で仮装会があり、仲良しが組んで蒲団で肉づけをして当時来日した大女のテレル夫人になったり、浴衣に手拭いをかぶり佐渡おけさを踊ったりした。

この駿河台女学院で新しいたくさんの友達に巡り合え、今までとは全然違った世界で若い日の歓びを味わうことが出来た。キリスト教信者でもないのに、聖書のお話を聞き、讃美歌を覚え、外人の先生もいらして何となくハイカラなのも若い身には楽しかった。何といっても一番楽しかったのは夏冬通してプールに入れることで、お茶のお稽古も自分の番がすむと、プールへ直行という相変らずの不勉強者だった。世間の風に当りたいといって入った私だが、言葉には一番困ったし勉強になった。今までは会うも別れも、「御機嫌よう」の一言だったので、「今日は」「おはよう」「さようなら」がどうしてもいえなかった。「あなた」だの「すみません」も、学習院にはない言葉だった。二年間位で、先生もお友達も別れ別れになったが、今もなおお親しくし、おたよりしている方が一人ある。

ＹＷＣＡ時代におぼえた讃美歌の三〇九番「夕日はかくれて」というのが近頃の自分にぴったりするものを感じ、自然に口ずさんでしまう。

関東大震災

大正十二年九月一日。

私は学習院女子部の五年生。夏休みのほとんどを大磯の長者林の別荘で過すのが慣例になっていた。

例年ならまだ大磯にいるはずなのに、その年に限って八月末、東紅梅町の自宅に帰った。

その日私は二階の自分の部屋にいたが、何となく淋しくなり、日本家屋にいる母に来てもらった。私の部屋で兄がピアノを弾いていたので、母を呼ぶ必要はなかったのに、と思った途端、あの大地震がおこった。階段の上で、母を中心に兄と私は、手を繋いだまま揺れるにまかせ、どうすることも出来なかった。私のばあやが階段の下まで助けに来たが、これもただ上をあおぐばかりだった。幸い、家に被害はなかったが、外の方が安全というので、家より広い本家の庭の方へ行った。庭先が崖になって、遠く下町が見渡せた。甍の波が続いていたが、そこここに、煙が立ち始め、火事が起り出した。その時はまだ広い東京が焦土と化すなど、思いも及ばぬことだった。

ニコライ堂の尖塔の十字架が折れたのを兄は拾おうとのんきなことを言っていた。近所の人も追々逃げて来、産気づいた人もあったようだ。母は葡萄の房を袂に入れていたので、渇いた喉を潤おすことが出来た、といっていた。しかし三、四時間のうちに、高見の見物のはずの我家にも火の粉が降り注ぐようになった。お隣りは岩崎家の広いお庭なので、間の塀の崩れかけた所を倒して逃げよう、という考えだったが、さすが岩崎家の塀で大勢が押せども押せども倒れてはくれない。逃げ遅れてはと裏門の方へ廻った。つまり裏門から電車の線路横を下るのだが、両側に持出された荷物には早、火がついて燃えていた。

岩崎家にやっと辿り着き、木陰に一休みしたが、兄の赤ん坊の柔らかな肌に火脹れがいくつも出来ていて、可哀そうだった。そこも、しばらくのことで立退かねばならず、谷中の我家の墓地を目指すことにした。広小路道を真直ぐに上野に向えばよいのだが、これが人と荷車で一杯。足弱の母を兄はおぶい、私はその後を追った。

谷中の墓地に着き、頼みつけのお茶屋の手配で近くの家の一間に落着いた頃は日暮れとなっていた。そこへ日暮里にお住いの瓜生さんから夕食が届いた。瓜生夫人は父が幼少の頃渡米した子供仲間の一人であり、令息は兄の親友だったので、兄がお頼りして行ったのだと思う。黒塗りで内側の赤いお重に一杯詰めて下さったおにぎりのわきに入れられたたくわんの黄色が、蠟燭の灯に鮮やかだったのが目に残っているのも、人の情を初めて知ったからであろう。

一夜をそこで過させてもらい、翌日雑司ケ谷の別荘に移った。今では都心に近く、別荘とはおかしいが、その頃は、近郊に別荘を持つ人が多かった。この別荘は雑司ケ谷墓地の隣で、地形が上から下へと、山のようになっていて、大久保彦左衛門に縁のあるとかいう椎の大木が生え、竹藪や雑木も繁り、崖の下は広い池で野生の鴛鴦（おしどり）が遊んでいるような所だった。裏木戸を開けると一面黒々とした土の畠が続き、小川で大根を洗っていた。お休みというと出かけて、春は筍掘りや、二輪草を取ったりし、秋は山茶花の咲くあたりで焚く落葉の香が、これを書いていても匂って来るように、懐かしい。

しかしこの時は遊びに来たのではなく、大勢の同郷人も集り、同じ屋根の下に過したが、余震を恐れて、庭に天幕を張った。この時初めて玄米のおにぎりを食べた。

皆無事だったが前にニコライ堂の鐘に唱和すると書いた愛犬パーカーは、火事の最中、家の廻りを吠えながら駈け巡っていたそうだが、煙を多く吸ったためか、咳をしつづけその年の暮れに死んでしまった。家の塀は御影石の高い塀で、その際に建てられた門番小屋と、向い合ったニコライ堂の門番小屋は奇跡的に焼残った。家の門番小屋はその後住んだ渋谷の家の邸内に移築された。

関東大震災で駿河台の家が焼けた後は、渋谷に借住いした。お茶の水の女高師も焼けたので、学習院の一部で一時期授業があり、何人かのお友達が出来、一緒に通学した。

その頃までは、今の山手線の外側はまだあまり開けていなかったが、焼出された人が急に住むようになり、繁華街となったので、市電の終点だった渋谷駅もたいへんな混雑であった。毎朝の通学の時いつも会う一人の老人がいて、心ない若者にもみくちャにされながらも、子供達を守って電車に乗せてくれた。この奇特な老人は誰なのか知るすべもなかったが、今でも印象深く記憶にあって、徳のある人だったと感謝している。

今思えば粗末なバスも走っていた。その終点にいつもよごれた白い大きな日本犬がいた。今渋谷駅前に銅像として残されているハチ公の生ける時の姿である。目のふちに赤や黄色で丸をかかれたりしていたずらされ、誰も忠犬あつかいはしていなかった。

渋谷の借住いから、やがて松濤に家を建て、学習院を卒業する頃までここにいた。

その頃、高松宮様の御婚儀があった。同級生として、小石川の徳川家に御見送りに行ったが、普通祝事に使うお赤飯でなく、小豆の代りに黒豆の入ったおこわ（おしらむし）をいただいた。再びお里にはお帰りにならないしきたりなのであろうか、同級生達のお別れの会があったり、御披露のため赤坂離宮にお召しいただいたりして、娘時代の華かな時を過した。

義兄達やその子供達も集って、吉川本家の駿河台の家の跡地にテニスコートを二面作ってもらった。昔、中庭に特別大きいもみじの木があったので、メープルヒル・ローン・テニスクラブと名付け知人が大勢みえた。ことに慶応のテニス部に知合もあり、当時の名選手、デビスカップに出場された方達も練習方々皆に教えに来て下さった。

その頃、松濤の家が失火で焼失してしまったので、このコートのわきにある吉川本家の事務所の二階にまた借住いということになった。コート屋の娘みたいだった。選手の方が来られた時に相手のいない場合はいつも打ってくださったので、もし私に熱心さがあれば、もっともっと、テニスの腕が上達したはずだが惜しいことをした。スキー、スケート、乗馬、水泳、弓など、色々のことをしたが、どれ一つ上手ですといえるものがないのが残念である。〝十代にしたことでないと身につかない〟とかいうが、料理裁縫は出来ないがころんだ時の身のかわし方が年寄になった今でも妙にうまい。息子の友達がお母さんも年寄だから骨折に気をつけてといって下さるそうだが、息子はオフクロは骨折は大丈夫だという。あわてんぼの私は始終、地下鉄や国電の階段から落ちることがあるが、周りの人が驚くのを尻目にすたこら歩き出してしまう。

近年さすがにおそれて手摺磨きをするよう手袋をもって歩くようになった。

第二章　最初の結婚

松方勝彦と結婚

昭和八年十月二十八日、私は松方勝彦と結婚した。二十二歳だった。

知り合った動機は、勝彦が親しくお付合をしていた白洲次郎氏に可愛がられ、私は夫人正子さんの友人として、御宅にちょいちょいお邪魔していたことからである。親しくなっていつしか廻りの者も認めるようになった。

本家松方厳氏は、松方正義公の嫡子だが、一女は黒木伯爵に嫁し、正義公の次男正作氏のところも長男が早逝し、次の幸次郎家には四人の男子があり、勝彦はその四男であった。先方の黒木氏と私の義兄原田とは懇意の仲なので、話合い、本家の跡をこの二人に嗣がせたらということになったらしい。

松方正義公は明治の元勲として世に知られているが、鹿児島城下荒田で生れ、十一歳で母親を、十三歳で父親を亡くされた頃は、「貧困の極に達し」と書かれたものを読んだことがある。その後、並々ならぬ努力で国家に尽した功労の酬として、次々に爵位を授けられ、位、人身を極める、という家柄になられたようである。しかし正義公没後、十五銀行の倒産となり、当時社長であった私の舅の厳氏は、すべての公職を投出し、一平民となって、旧別荘であった（当時は他人の物）熱海と、那須に隠棲されるようになっていた。

その頃縁があって私が嫁ぐこととなった。世事に疎い私は、当時の状勢を人に聞くでもなく、縁談が進むがままに、うきうきと過してしまった。初めて松方勝彦の両親に会ったのは、結婚を秋に控えての夏、那須の家に義兄黒木夫妻と勝彦に伴われて出かけた時であった。

松方家というものを全然知らない私は、里の大磯の長者林別荘やその付近の浜辺の家しか知らないので、山荘に着いてびっくりしてしまった。西那須野で汽車を降り、自動車に乗ったが門らしき所から玄関まで何分かかったことだろうか。防火のため設

松方勝彦と結婚間もない頃

けられた林の間の広い道を何丁目、何丁目と話しているのをきいても、青山や銀座に馴染みの深い私は、丁目という言葉に奇異な感を受けた。近在から出る大谷石で築かれた車寄せの付いた玄関に着く。昭憲皇太后が行啓になり、東宮（現在の陛下）も一夏の一時期を御滞在になったということも後で知ったくらいで、磯の苫屋とは段違いなのに先ず驚いた。両親が迎えて下さったホールから二階へと赤い絨緞が続いている。私には二階の東南の一室を与えて下さった。

夕方着いたので早速夕食となったが、近くに流れる川で自家発電されているために、時として明りの具合が悪く、その夜も燭台に灯された蠟燭の光で照らされた部屋のたたずまいは私にははじめての光景だった。

大磯の別荘では震災後はことに簡略で、長い大盆にあれこれのせ、台所（昔は御膳所といった）から運んで、卓袱台にざっと並べて、大勢（姉の一家共々）で食べる慣わしだったのにくらべて、松方の家ではお行儀よく、両親、義姉夫妻、私達の六人がテーブルを囲み、腰かけて、男の給仕がそれぞれの前に食器を運んでくれる。食後に私がお土産に持って行った万年堂の和菓子が出た時、父から、

「私の大嫌いなものを持って来たねー」

といわれ、私はとんでもない悪いことをしたようにすっかりしゅんとしてしまった。母は取りなすように、

「本当はお父様の大好物なのよ」

といって下さったが、事実父はお酒はほとんど飲まず、大の甘党であったことがわかり安心した。その後和菓子を注文され、「天地無用」という張紙をして送ることを母から教わった。

翌朝は、ねぼ助の私もさすが早く目がさめて窓を開けてみた。目路の限り広がる芝原の所々に大きな赤松の木があるだけで、遠くは雑木林になっているのか定かではない。

朝食後、松方の母手づくりの朝顔が美事に咲いている鉢の並んだベランダの前に、馬丁の乗った馬が近付いてきた。ここが千本松農場といい、たくさんの緬羊を飼って土地を肥やして植林し、一方、牧場にもして、数多くの名馬の出た所だということを、うかつにも私は知らなかった。

私の実家も、父が運動のために馬をおいていたし、叔父達も騎兵であったり、競馬協会の役員だったり、兄達も学習院で乗馬は必須課目であり、私自身も貸馬屋に通っ

た一時期もあったように、馬には縁の深い家であった。そして十二、三歳頃かと思うが、何分上が兄三人だったので女の子らしいお人形遊びやままごとよりむしろ、兄と遊ぶことが多かったために、競馬ごっこという遊びに夢中になっていた。当時は目黒競馬場と横浜根岸の競馬場があったが今はすっかり市街地となった。昔は競馬場に子供は入れなかったが兄に教わって馬を作り、といってもごく簡単なもので、おすもうさんの絵を二つ折にして土俵の上で向い合わせ、トントンとわきをたたいて倒す遊びを皆さんご存じだろうが、あのようにして馬の絵二枚をはり合せ、足だけはらずに四つ足としてたたせ、賽子（さいころ）をふって何馬身と進め競争する遊びを考え、兄妹楽しく遊んだ。景気付けにラッパのついた手巻の蓄音機でマーチをかけ一着を争うのだが、兄は絵が上手で、いかにも名馬らしいのをかくけれど、私のはせいぜい塩原多助の青というところだった。兄は名馬の名前を知っているのでそれをつけるが、私のはでたらめだった。

　ところが今回この父の散歩のお伴で行った牧場の一隅に有る厩舎の中には、何頭もの馬が並び、それぞれ馬房の上に大きな名札が懸かっている。見上げると何と、ピュアーゴールド、常夏、ナスノ等々、兄の持馬（遊びの）ばかりが現実にいるではないか。十年前の忘れかけた名前が目の前にあるのには本当に驚いてしまった。これらの馬はみんな名声を博し、種馬として再び故郷の厩舎に帰って来ているのだった。私も驚いたが両親もさぞびっくりされたことだろう。タダの娘っ子と思った嫁が、これだけ、馬、しかも当牧場の馬を知ってるとは思いもよらぬことだったと思う。父は英国の競馬が上流社会のものであり、それを日本にもって来たくて馬造りを始め、当時の松方家としてはかなりの名馬も輸入し、思う通りのことが出来たのであろう。英国のアスコット競馬場は王室中心の社交場であり、入場するのには知性、教養、おしゃれの出来る人に限られていると聞く。

結婚後皆で一緒に競馬場に行く時は、私にもおしゃれをして行かせたかったらしい。勝彦が少ない給料の中から買ってくれた小さい望遠鏡をさげて行くと、

「小学生みたい」

と母はいやな顔をしていた。しかし熱海や那須住いの父のために、私は「競馬新聞」というのを作り、絵や写真もはりつけ、本物の新聞をまねて記事を書き、報告したので、たいへん喜ばれ、ご褒美に帯を買って下さったこともあった。

勝彦の没後は父と二人で行くことも多かったが、本当に善人の父は、競馬界にも何

かと貢献しているのに、現在の自分の立場を考えて一般席へ私と一緒に入る。すると先方ではちゃんと見付けて、よい席へ案内しようとするが、連れがあるから、とことわるので、私までお嬢さんも御一緒に、といって下さる。

私もまだ若かったし本当の親子と見る人も多かったようだ。すべて格式高い松方家としてはとんだ嫁がとびこんだものだったらしい。

父（舅という字を使いたくないので父と書く）は松方正義公の嫡男であり男十三人、女六人の弟妹があった。あれほど善人そのものであった父が、時の巡り合せというか、親が一代で名声を博した家のすべてを返して、一介の野人となった時はどんなにつらい思いであったことか。近年、やれ黒だ、灰色だと囁かれる人達と違って、本人自身、何一つ指差されるようなことのない人であっただけに、本当にお気の毒でならない。

母は長与専斎（ながよせんさい）氏の長女で、蘭法医学の祖ともいわれる俊達氏を曾父とし、代々医学の家柄であるが、東大総長の弟又郎氏が、小学校へ行く頃になると、学科の復習をしたそうだ。松方正義夫人が、女子学習院の卒業式に行って一番の母（これも姑とかきたくない）を見出された才女で、父のドイツ留学中に結婚話の進められたことは、当時父と共に勉学していた方から伺った。松方家の大世帯を切り盛りしてきた手腕は、並大抵の女には出来ることではない。明治大帝が正義公に、何人子供があるかと御下問になった時、後日数えて御返事申上げるといった笑話がある。第二夫人、第三夫人も同じ屋根の下であったのか、同じ年の弟妹が生れている。

食事も一所では間にあわず、分けて出したとか。母一人でするわけもなく使用人も多かったから、それを扱うのも容易なことではなかったと思う。原田の義兄は母が彼の母親とも親しかったのでよく知っていて、痩せた小柄の母のことを「ありゃー千軍万馬の中で鍛えられ痩せ細ってしまったのだ。お前のようなバカでなけりゃあとても勤まらぬ」といっていた。今思えばさぞ気に入らぬことの多い嫁だったろうが、バカのおかげで、本当に可愛がって下さり、嫁と姑といういやな感じを一度も持ったことがなかった。後継ぎの嫁として、美術、建築、料理、社交、その他、母に教わったことはどれだけあったかしれない。母校の担任の先生にいかに私が敬服しているかを話した時、「貴女がその気でそばにいればきっとそれに近づくことが出来ますよ」といって下さったが、それを全うすることが出来なかった。

義兄（黒木伯）の亡くなった時に葬式の裏方をやらないかと母にいわれた。貴族院議員伯爵云々という葬儀に二十（はたち）そこそこの私がつとまるとは思いもよらぬことだったが、親類間の問題もあり表に立たねばならなくなった。母はちゃんと陰になってすべてを取り仕切ってくださって無事に任務を終えることが出来た。

あくまでも嫁をたててくださる。こういうことは本当に見習わねばならぬことだと思う。

のんきな私は自分の結婚の日まで忘れてしまい、人は尚更覚えているはずもなく、フト思いついて木戸日記を見た。木戸さんは次姉の縁付先の和田小六の兄上で当日御出席下さった。

「昭和八年十月二十八日（土）晴
午後五時半より帝国ホテルに於て松方吉川両家の結婚披露宴あり、母上、鶴子と共に出席」

と記されてあった。当日大神宮で式をあげ、ホテルで披露宴をしたが、松方家は何分大家族でどのくらいのお客様だったかおぼえていない。はじめは白の打掛、次に桃色に鶴をぬった振袖と着替え、最後に黒に紋のもようの振袖。勝彦は、黒の紋服で後はタキシードだった。

当時の帝国ホテルは宴会場の近くに着替えの小部屋がなく、近くのエレベーターを止めた中で着替えたが、あれが急に動き出し、止った所に、外人さんでもいたらどんなことだったろう。

当時の宴会はメインテーブルは長いのが普通だったが、この時は松方家と特に御縁の深い西郷侯爵夫妻、御仲人の岡部子爵夫妻に私達と六人テーブルだった。親思いの勝彦はサーモンピンクのカーネーションを胸にさし、それと同じ花を持たれた実母（幸次郎氏夫人）により添っていた姿と、白洲夫人も同じような色のカーネーションのような感じのイブニング、そして松方仲さん（ライシャワー夫人の姉）がなんときれいな方かとつくづく眺めたことしか当日のことを覚えていない。

その夜私達は横浜のニューグランド・ホテルに行き、箱根をまわって熱海の両親を訪ねる旅をした。

結婚前の、荷物送りの日のことが時々思い出される。

新居青山南町の家に簞笥の鍵を持って行くために一人で出かけた。電車を降りると、そこに勝彦がたっていて、叔母様方が皆紋付で来ていられるが、貴女はそれでいいのかときかれた。私は紫色のお召しだった。まあ普段着という程度なのでそういうことに気の付く勝彦は私に恥をかかせまいと気遣ってくれたらしい。

「ええ、これしかないの」

とすまして同行してしまった。すべて何事かあれば紋付。義姉が松方三郎氏宅訪問の折など、三郎氏夫人は丸帯にしめかえて迎えられたと義姉はいっていた。まだまだ格式を重んじる家であった。

前記の木戸日記の中に、

「昭和八年九月四日（月）晴
午後鎌倉に内大臣を訪問
一、松方氏復爵又は授爵の件
郷男、阪谷子等により運動行はる」

という記事があるが、世間でもそういう噂が立てられていた。そして各新聞に勝彦と私の写真がのり「松方家に春立ちかえる」などとかなり大きく報じられもした。華やかな時代だったが、戦争の影は密かに近づいて、個人の爵位など問題にされる時ではなかった。

　当時勝彦はセール・フレーザーという英国人の会社で白洲次郎さん（日本支社長）の下で働いていた。たしか五百円の月給で（日本の会社は大学出で七十円位の時）住居は借家ながら親が払ってくれた。女中も私の乳母のとうやと若い人、それに当座は松方家にも、吉川家にもいたことのある家庭看護婦と三人居たので私のすることなどなく、毎日遊び暮していた。夏休みにははじめの年は御殿場の白洲夫人のお里、樺山家をお訪ねし、河口湖の富士ビューーホテルに泊った。翌年の新年は上高地の帝国ホテルに、道も自動車でも行けるようになったのでそこへ行った。那須の両親を訪ね、日光見物に連れて行っていただいたこともある。神戸にいる勝彦の母（幸次郎夫人）を訪ねた時は、私の望みで氷川丸で横浜から神戸まで行った。昔、兄に瀬戸内海の船旅をさせてもらったり、ともかく船好きの私は後年クイーン・エリザベスの虜になってしまったほどだったのである。

　子供に恵まれなかった私達は、旅をしたり、銀ブラを楽しんだりで、土曜の晩はよく銀座の料理店浜作へ行った。白洲さんのお得意の店で、元気のいい主人と、ひさし髪にエプロン姿のお内儀さん。トシちゃんという若い衆、トキちゃんと呼ぶ小柄な少女。皆高下駄をカタカタいわせて働いていた。戦後は御無沙汰になってしまったが、いつかおよばれで行った時、すっかり立派なお座敷にあのお内儀さんが奥さんと呼びたい姿で出てこられ、御主人も、トシちゃん、トキちゃんの姿も見えないお店が、見知らぬ所へきたような感じで淋しかった。

このように安穏と暮していたある朝、出先の勝彦から電話で、

「何か重大な事件が起った。すぐ原田さんの子供達を預かれ」

といってきた。義兄原田は西園寺さんの秘書であり、危ない渦中の人のようであった。義兄は勝彦に目をかけていてくれた人なので心配してのことだった。何事が起ったのか全然わからず、ただ好きな姪達が来たことがうれしく、楽しく過してしまった。しかし夜になって熱海の母から電話があり、（その頃は様子が次第にわかっていた）

「高橋是清さんがお殺されになったからお悔みに行くように。男の人はかえって危いから貴女一人でいらっしゃい」

と言われた。高橋さんは義姉の嫁ぎ先、黒木さんの親類なので、松方家として行かねばならなかった。昭和十一年は連日降り続いた雪が高く積り、夜の御邸内は雪明りの中で憲兵の姿も見え、ものものしい警戒であった。弱虫の私が、どうやって役目を

果たしたか、はっきり覚えていない。両親は東京住居でなく、里の吉川とは違って古い交際も多く、「松方保子」と達筆で書いて印刷した角形の大きい名刺を持ってどれだけ御葬式の代拝を勤めたことだろう。嫁入仕度に持参した黒の喪服の裾がじきにすり切れてしまった。

ある時こんなこともあった。両親が住んでいる熱海に大火があったが、通信が途絶え様子がわからない。その時私はなぜか丸髷に結っていたので大急ぎで解き、油でべトベトの髪を束ねて、エプロンや必要そうな物をかかえて早速とんで行った。汽車も今のようにはなく気をもみながら行ってみると、近くまで焼けていたが、幸い、家は何ともなく両親も無事だった。両親はたいへん喜んでくださった。何も出来ない私だが何か事に当って真心をもってぶつかって行くということだけ私の身上だと思っている。

勝彦の勤め先は白洲次郎さん御夫妻が毎年英国の本社に行かれたが、白洲さんは他社へ移られることになり、来年の英国行は私達の番だと楽しみにしていた時だったが、表面平穏な日本も、戦争に近づいていることを知る人は知っていたので、勝彦も日本の会社に移るべきだと色々の方が心配して下さり、東京芝浦電気に入社した。当時の社長山口氏は、私の父吉川重吉が長年米国に暮し、表面は同郷人の名前であっても父自身がジェネラルエレクトリックとの提携に尽くしたことを御存知で、特に目をかけていただいた。東芝としては二百七十円位の給料だったと思うが、前の会社とずいぶん違うので山口さんはポケットマネーを出して下さり、色々の部門の仕事を覚えるよう計って将来を属目して下さった。その代り仕事もずいぶん忙しいようだった。

昭和十一年十二月十七日、私は風邪気で床にいた。体も弱かった上、なまけ病で、夫の世話もろくにしない悪妻だったが、午後三時頃会社から電話で、「御主人が倒れたから来て下さい」と知らせがあった。勝彦の信頼しているお医者様に同行願いに寄ったが、出てしまわれ、後から来ていただくことにして一人で川崎の会社まで行った。

医務室のベッドに横たわった勝彦は、その時はまだ一見普通にみえ、まわりの方も「誰かお家まで送ろうと言ってたところ奥さんが出られたというので」といわれた。事務所の書庫で梯子に登っていた時、脳貧血をおこしたらしく後に倒れ、反対側の棚で後頭部を打ったということだった。病気の知識のない私はたいしたこととも思わずつきそっていたが、そんな時にも、

「風邪なのにわざわざこなくてもよかったのに」

と、相変らず私を気遣ってくれる夫だった。しかし次第次第に耳からも鼻からも出血がひどくなってきた。そのうちかかりつけのお医者様と勝彦の兄が来て下さった。先生はここへおいてはだめだから東京の病院へ移せとおっしゃり、昔東大の近藤外科という有名な先生がいらしてその先生が開かれた駿河台病院に運ぶことになった。現代のように救急車があるわけでなし、東京から副院長さんが乗って迎えに来て下さった寝台車に乗せて東海道を東京へ向った。はじめは入院前一度家へ帰りたいと言っていたが、出血もひどく、意識もうすれ、鼾（いびき）がだんだんひどくなってくる。この症状が何であるか今ならすぐわかるが、あまりにも私は若く、無知だったために死に繋がるものとは到底考えられなかった。真夜中の道の何と長く、心細かったことだろうか。

神田の病院には身近の者が集って待っていてくれた。あまりひどい鼾にあちこちの病室から人がとび出して見る程だった。先生と私は両側から脈をみていたが、何回か、

「お悪いですよ」

と先生がおっしゃったのに、ちっともそれが信じられなかった。

「御臨終ですよ」

といわれてもあまりのことに私は涙も出なかった。倒れてからちょうど半日の午前三時だった。

好事魔多しというが、結婚三年二カ月にして勝彦は帰らぬ人となってしまった。

カーテンはややに白みてなきがらの上にながれるニコライの鐘

子供の時から聞きなれたあの鐘を私はまたここで聞くはめになった。検死もみえたが、病院のすぐ近くの西園寺家につめているお巡りさんで私も顔見知りだったせいか、深々と一礼されて立去られた。あまり簡単で病院も驚いていた。

人々の同情は皆勝彦の上に集められた。

霊南坂に新築された両親の家にいずれは後継ぎとして住むはずの彼は亡骸として入った。

お棺も分厚い檜で、五の字がついたから五千円といったかしら。母は、

「私が死んでもとてもこんなことは出来ない」

といわれた。

私はさっぱりとしたことが好きなので棺の上にカトレアを一輪だけおいてほしいといった。ところがそれをきいて一杯蘭がとどいて普通お別れに菊など入れるように、蘭ばかりで蔽われる程だった。知名の方々の弔問も多かったが、近衛首相夫人が本邸でなく、実父幸次郎の侘住いに夜密かにお立寄り下さったそうだ。よく競馬場にお忍びで来ていらして、私は自分で馬券を買いに行かず勝彦にたのんだが、きさくな奥様は御自分でゆかれた。勝彦がお会いすると、

「鼠取りに手を突込みに来たのよ」(馬券を買う窓を現わして)

とおっしゃったそうだ。そういう御縁で来て下さったのかもしれない。

青山墓地の松方正義公の大きなお墓のある一隅に埋葬された。まだあの頃は土葬でも火葬でもよかった。何か火葬は熱そうで可哀そうな気がして土葬を選んでしまった。大きな石棺が組立てられその中央に棺を降し、周りには上等の炭がぎっしり詰められた。本来なら土にかえるべきだが今年でもう満五十年になるけれどまだそのままの姿で眠っているような気がしてならない。戦時中炭がなくなって困った時、あそこへ行って掘出してくれればと不心得なことを思ったりした。

忘れられない思い出がある。勝彦は毎年ボーナスの頃に、何か私の身のまわりの品

を買ってくれた。亡くなった年も気に入った名古屋帯をみつけ、大喜びで早々と買ってしまった。

その後銀座の「ゑり円」の店の前を通ったところ、同じようなさび朱の業平柑子をくずしたもようの袋帯がショウウィンドウにあるのをみかけ、そちらの方がどうしてもほしくなってしまった。なぜ早く買ってしまったかと勝彦の前で綿々とくりごとを言った。勝彦はどういう色で、柄合は、など細々と尋ねてくれた。その後のある日、親類が来て話していた折に、勝彦はたいして面白くもない話を、わざと賑やかにして皆を笑わせ部屋中さわがしくした。何のことかわからなかったが、実はその間にとういやに言いつけ、私に知れぬよう「ゑり円」に電話をかけ私の欲しかった帯を注文してくれたのだった。

死後、クリスマスプレゼントとして残されていたことを知り、どんなに驚き、どんなに悲しかったことであろう。

勝彦は兄弟中一番の母おもいで、母のこまごました用も足してあげていた。財産の点でも何かと世話をしてあげていた。白洲次郎さんが勝彦ほどそうしたことでわかる人は珍しいと他所（よそ）で話していらしたと聞くが、吉川の家では株など見たことも聞いたこともないお嬢さんだった私に、手ほどきをしてくれた人でもあった。
須磨に住んでいた母は、親類の結婚で上京して帰ったとたんに訃報を聞き、すぐまた上京せねばならなかった。成人した長男を亡くし、また最愛の四男を急死させた母の悲しみはいかばかりだったろうか。母の上京中、次兄と三人寄った時、私はいかに悪妻だったか心から詫びた。兄もうつむいて男泣きし、母も泣いて世話になったことを感謝してくれた。この夜の三人の姿は私の終生瞼から離れないものである。

くずれ散りし氷の柱かがやきておくつき寒しきさらぎの朝
時という言葉はかなし君とわれと遠くへだててわすれよという

松方家の人々

勝彦の突然の死の後、当座は霊南坂の両親の許にいたが、老年の二人揃った両親にしてみれば若い私がそばにいるのはやはり心をいためるものがあったらしく、里の母が渋谷に一人住いをしているのでそこへ移り住むことになった。昭和十三年頃のことである。

ある日、黒木の義兄に呼ばれて、
「松方家も後継ぎを決めなければならない。候補者はあるが貴女の籍があっては困るというので里へ帰ってくれないか」

といわれた。候補者の名前は教えて下さらなかったが、私は勝彦の甥であろうと思った。

「どなたでも結構です。しかし私はあのようにして勝彦と結婚した以上、松方の姓を変えることはいやです」

といって大泣きに泣いてしまった。単純な私は、一度嫁せばそこの家の者であると思いこんでいたから、財産を受け継ぐのなんのということは、毛頭望みもしなければ、考えもしなかった。ただ、松方であり、古風だが出戻りにはなりたくなかった。

藁（わら）にでもすがりたい気持の時、義姉は私の横を何度も通ったが、ただ冷やかな眼差しで見るだけだった。こういう次第で離縁ではないのだから何をもらうわけでもなく、本家の籍から離れた。母は気の毒がって、

「後を継ぐ方に貴女のことは特別の人なのだからとよく頼んであるから」

と言って下さった。岩田に嫁ぐ時、吉川幸子でないのを不思議がる人があったが、こういう経緯（いきさつ）があった。しかし岩田は厳しい人で、親類付合を好まず、すっかり疎縁になったが、今は、松方家の皆さんも親切にして下さり、楽しいグループなのでお付合させていただいている。

しばらくして父も亡くなり、霊南坂に建てられた家も次々と使用人がいなくなり、遂に母一人になってしまったために私が一緒に住むことになった。金砂子の立派な襖のある二間続きの広間の他、かなりの間数があった。オンバ日傘で育った私は、そこで初めて家事をした。女中部屋の隅にわずかの荷物を置き、料理の虎の巻をそっと覗きながら台所をした。何も出来ない私を母は、「それが当然（育ち）だ」と許して下さった。昔からあった器は上等の品ばかりで、タイルの流しで割ってしまった時は、どうしようかと思った。コックの揃えた庖丁はきれすぎて指をチョンと切ってしまったこともあった。

廊下を雑巾がけするのも、よく揉出さないと柱の下が黒くなるということも覚えた。昔いた人が母のために、田舎から白米をとどけてくれるので、小さな小さなお釜に、母の白米と、私の配給米を別々に磨いで、そーっと別々に入れ、静かに水を注して炊くと、ほとんど交らずに炊けることも教わった。母は父のいる頃も、自分はしないでコックが料理したが、「これはお父様のお口に合わない」といって立って行き、直してくることがあった。自分でしなくてもなんでも出来る人だった。私が行くと、かにが好きだ、お春寒を喜ぶと、心してくれる人だった。その母との二人暮しの時、長与の叔父様（善郎先生）がみえた。母の末弟で、七人兄弟の中たった二人存命であった。叔父の小説の中にもあるように昔は決して仲のよい姉弟ではなかったらしいが、この時は戦争中で、いつ別れるかしれない時であり、せいぜい歓待してあげたかったようで、母が腕を振って料理した。私ではむりなのが分っていた。

ある日私が水色に花丸の和服（いつも和服）に襷がけで炭切りをしていたことがあった。新聞紙を手首より先の方へ巻き付け、手首で縛って腕の方へ折りまげると、手先だけ出て、炭の粉が衣服をよごさないということを教えて下さった。丁度そこへみえたある叔父が家に帰り、叔母に、上村松園さんの絵のようだったと話されたという。私もまだまだ若かったのだろう。

また夜、母と寝て「女はくの字かさの字に寝るものよ」ということも教わった。上向いて棒のように寝る私は、ここでも勉強した。

京都の女流歌人税所敦子（さいしよあつこ）のお姑さんがとても厳しい人で、人々が悪く言うので「それを歌によんでみろ」と敦子にいいつけたところ、

仏にもまさる心と知らずして鬼婆々などと人の言うらむ

と書いて差出したという話も、寝物語にして下さった。何故そんな話をされたか今だにわからないが、才女の母のそばで私がさぞ苦労しているかと思った親類もあったらしい。

母の里、長与家の方々も淋しかろうとよく呼んで下さり、今だに「幸子さん、幸子さん」と仲間入りさせていただくのをうれしくありがたく思っている。

勝彦の父幸次郎は松方正義公の三男だった。長兄（巌）の謹厳さとおよそ違った磊落な人だった。勝彦との結婚前のことで、くわしくは知らないが、昭和の初期の金融恐慌で川崎造船所が破綻し、私財をなげうって負債整理をした後、社長を退いたと聞くが、それまでは神戸諏訪山の邸宅から、造船所まで馬車で通い、おくれて走って行く職工さんを見ると、馬車から手をさしのべ、乗れるだけ引揚げて連れて行ったそうだ。

船材買付けのため渡欧したついでに、買始めた絵画が、遂に松方コレクションとして、名を残すほどになったようだ。

その頃は、四人の息子、一人の娘もロンドンに留学していて、甥二人も一緒に、父を真中にして楽しそうな一家の写真もあり、母と末娘は日本だったが、一時期は皆外国で暮していた時もあったようだ。

コレクションの絵の豪放な買いっぷりもよく話題になるが、何を買うのにも全部一まとめという風の人だったらしく、結婚した勝彦の家にも同じ物がいくつもあるので驚いたことがあった。その頃フランス滞在中の本家の義姉夫妻は、モネと親しく、モネの一般に出さない画も、姉が頼むと譲ってくれたそうだ。父はお客の前では姉（姪に当る）のことを「Madame la comtesse（マダムラコンテス）」と丁寧に呼びながら、人がいなくなるとポケットから、くしゃくしゃのハンケチを出して「竹（姉の名）、これを洗っておけ」と渡されたと笑って話した。

母は須磨に住み、父は仕事の都合で東京に勝彦の妹と住んでいた。その妹と姉と私は、皆七月生れなので、妹の誕生日の夕食に皆一緒に祝ってくれるのが楽しみだった。

千点を超すといわれた大コレクションも、日本の他、パリ、ロンドンにも分散保管されていたが、幸次郎の死後日本の分は負債整理に当てられ、ロンドンのは火災で焼失し、パリにあったものがかろうじて残ったようだ。国家に代って美術館を建てようとした大きな望みは、あえなく消え去ったが、パリから返されたかなりのものが、上野の西洋美術館にあって、父の功績は残すことが出来た。

格式ばったことを好まぬ人で、家にあるのに近くの風呂屋に行くのが好きで、子供風呂へ入り、ブクブクいってるので子供と遊んでいるのだと他人は思っていたところ、軽い脳出血でたおれ、今はカトリックの尼さんである娘が、男湯もかまわず助けに入ったという、後では笑話になったこともあった。一度は築地の待合で倒れ、私が原田の兄の関係で知っていた店なので、急いで行き、寝台車を呼び担架に乗せ、私の桃色の襟巻きを胸にかけて連れ帰ったこともあった。

事業家で日ソ石油等にも関係していたが、日米戦争の直前には、ルーズベルトと親しかったので特使としてアメリカに渡り、横浜埠頭に見送りに行った。

小ぶとりで眉毛の下ったにこやかな顔で、「幸子、幸子」と呼んでくれたのもなつかしい。母は三田藩主、九鬼子爵の出で、娘時代アメリカに留学し、父と同じ船で帰国、結ばれたと聞いたが、そのような家庭で、六人の子供も留学し、今の海外旅行とは違い長い滞在で、皆英語が達者のハイカラ気風の一家だった。よく出来た長男と四男の勝彦に先立たれたのはどんなに悲しいおもいであったろう。

岩国へ疎開する

　昭和十六年（一九四一年）太平洋戦争が始まり、三年後の冬には、いよいよ東京も空襲に晒されるようになった。初めて日本に艦載機が飛来した十七年の三月の中頃、親類の法事のためその頃住んでいた大磯の里の別荘から上京して、新橋のプラットフォームで見た。小型機で、打上げられる高射砲が全然当らないのをもどかしく物珍しく眺めていた。

　このように高見の見物をしている時期は続かず、物資は不足し、若者はみんな戦地へと向う時が来た。

　はっきりした時期は忘れたが、松方の母は那須から荷馬車を呼寄せ、黒木の姉一家共々、那須へ疎開して行った。荷馬車には私の嫁入りに持参した箪笥も乗せて下さったし、姉はフランス滞在中、モネと親しかったが、モネ以外にも名画をたくさん持っていて、その内三枚も積まれた。荷馬車が出た直後に家が焼失したと聞いた。

その頃、私は大磯の里の別荘に母と住み、都下小田急線の奥にある鶴川の白洲次郎さんのお家へ度々行っていた。大磯からはお魚を持参、帰りは貴重な、食糧や炭を持たせて下さった。

先の見える次郎さんは、戦争の初期鶴川へ引越された。一山あって、大きい藁屋根の田舎家を住みよく改造されていた。初めて泊めていただいた晩、夜半に目が覚めて枕元を見ると、夜目にも白い障子の真中が、かなり開いている。さては誰か開けたのかと気にして、朝をむかえたら、開いていると見えた黒い所は、太い柱だった。梁も柱も、黒光りした大きな田舎家で裏には吹き抜けの井戸から水が渾々と湧いている。

鶴川の駅から柿の木の一ぱいある小さい丘を抜けるか、その裾を廻るか、かなりの道のりだった。柿若葉の頃は美しく、山裾の田圃も広々としていた。

こうした懐かしいお家、ホクロのユキババとなついて下さった白洲家のお子さん達とも、岩国へ疎開するために、お別れしなければならない時が来てしまった。一晩泊めていただいたが、ちょうどその時、東京大空襲があって、炎々と燃える夜空にB29の翼らしいものが見えた。

翌日大磯に帰り、二、三日後母を連れて上京し、いよいよ父の故郷山口県岩国へ旅立つこととなった。赤坂の二番目の姉の嫁ぎ先である和田の家に集まれる限りの子供、孫が来てくれた。お互に再び会えるとは思えなかった。

その夜吉川（きっかわ）の二番目の兄重国は、母と、私と、とうやを連れて東京駅をたった。兄の家族、義姉と子供四人は一足先に岩国へ行っていた。もちろんたいへんな混雑で老年でひよわな母はそれに耐えるだけで精一杯だった。

汽車は薄暗い灯をつけていたが、闇の東海道を止ったり動いたりしながらこれから先どんな運命が待受けるかわからない目的地へと向っていた。名古屋も無事過ぎたが私達の通過後空襲があったそうだ。大好きな京都も横目で見るより他なかった。大阪に近づくにつれ汽車は止りがちになった。大空襲があったばかりだという。私達は幸運にも名古屋と大阪の空襲の合間を走り抜けたようなものだ。あちこち燃える町を見ながら、時々もうこの先は行かないのではないかという思いもしたが、どうにか走り続けた。朝も昼もわからないうちに日は暮れ、岩国に着いたのは真暗になってからだった。町は細長い市で駅から城山の麓の家まではたいへんな距離があった。迎えは乗用車でなくトラックだった。母は助手席に私は荷台にかろうじて登り、灯火管制の暗い道を走った。

本邸には本家の兄一家が住み、里の兄一家は山の麓にある別荘の一つ（吉香書院）に住み、母と私は邸内の茶室に住むことになった。

戦前行った頃の家の様子を記すと吉川の本邸は城山の麓で、前に堀があり門内の広場の周りは桜が多く花の頃は美事だった。散り敷いた花をもらって行く人があるのできいたら、枕に入れるといっていた。門の塀に添って、自動車の車庫というべき所に、お舟小屋と呼ぶ建物が並んでいた。昔、錦川が氾濫した時、使用したものであろう。

玄関の敷台を入ると左は畳敷の広い部屋が二側に並び、その向うは中庭で池があった。中庭の周りの廊下を奥へ行くと、途中二カ所内倉があって、中庭の向側は南の庭に面して、常の住居が同じように並んでいた。左奥の方へ廊下を行くとまた幾つかの部屋があった。戦前はそこへ泊ることが多かった。常の住居の右の方へ行くと、床が一段高い一棟があって、そこは今は亡き伯母の住居だった。この南側の庭は低い土塀で囲まれ、その外は広い外庭となっていた。いつか春行った時、連翹や躑躅が咲き競い、当時宝塚ファンだった私は、舞台を見るようだと喜んだ思い出がある。

庭内に御霊舎と呼ぶ祖先を祭る小社があり、春秋の祭典には、兄が神官の祭服を着て勤めた。門の外にも吉香神社というお宮があって、境内は公園になっている。その奥の方の山懐に祖先の墓所が所々にあってお塔とよんでいる。例の錦帯橋を作ったという広嘉公の墓所には、石に木菟が彫られた珍しい手水鉢がある。

大分離れて水西書院という別荘もあり、本邸の近くには父やその兄の育った仙鳥館という家が今も保存され、その頃本邸をお館と呼んだ。

岩国は移民として海外に出た人が多く、家の造りも日本家屋ながら鎧戸があったり、カーテンも上に襞のついたハイカラなものだった。（吉川の家は純日本風）庭番のお爺さんも、

「ハワイの学校へ行っておりやした時」

などと昔話をしてくれた。

戦前ここへ来た時は、門内の広場に御旧臣と呼ぶ古老が、紋服姿で並んで出迎え、伯母の出席する敬老会とか、女学校の会などについて行くと、先ず東京なら宮様とい

う扱いを受けた。

岩国藩は二百年間も領内産紙の専売を続けた所だそうだが、一軒の家に「三ツ叉」（紙を作る木）を三本ずつ植えるきまりがあったとかいう。

廃藩後、半紙や岩国縮の産業を興し、義済堂という会社が出来、吉川もこれに関係があったので、工場見学とか、ちょっとしたお姫様気分で出かけたが、今回の疎開では徴用され、ミシンかけの仕事に通った。

今までは人々からも、「ようお帰りまして」という雰囲気で迎えられたが、今度は穀潰しとして舞込んだのだから仕方がない。

戦前のお殿様気分は微塵もなく、列につながって僅かな配給をもらって暮した。

なんとか畠を作ろうと思い、倉を壊した跡地をみつけ、納屋から農具を持出して耕したが、瓦礫が多くて苦労した。納屋の軒には少し深い笊に黒漆を塗り赤で九曜の紋をかいたものがずらりと吊してあった。これは防火用のバケツで軽いし良い考えだと思う。今流行のアンティクとして喜ばれそうな物だった。

その辺で古銭を拾ったこともあるし、お茶室の屋根に貂が昼寝をしていたこともあった。すべての物が、長い眠りからにわかにおこされたという感じだった。私もはじめて肥桶を担いだが、バランスをとるのが難しいことも知った。その畠で、胡瓜がよく出来たので皆にくばって回った。甥はおばさまは高級野菜を作るといったが、当時は、さつま芋か、かぼちゃが主だった。甘味は近くの人からもらう蜂蜜と干柿が関の山だった。

昔テニスで駿河台の家のコートへこられデビスカップ選手だった山岸氏が海軍主計中尉でこの地にいて、吉川の山林の木を必要とされる用事で時折尋ねてこられる。海軍のマントの下から何か出て来るのも楽しみだった。

裏門の脇にある納屋は藁の置場で、藁を打って習いおぼえた藁草履を作った。東京から履いて来たヨシノヤの靴一足きりで、送った靴は不着のため、どこへ行くのも手製の藁草履だった。ある日母を散歩方々納屋へつれて来た時、急に警報がなった。母は急いで駈けようとするが、昔の老婆は足が真直ぐに進まず、八の字をかくようで少しも進まない。あのお腹に響くB29の音に、空を仰ぐと、敵ながらなんと美しい姿だろうか、晴れた空を悠々と飛んでいる。一機飛んでいてもあまり恐ろしくなく、うっとりと眺めてしまった。

閑にあかして、私はよくそこらを歩き廻った。家の外の堀端近くに、吉川経家弔魂碑というのがあって、裏に事蹟が彫られているのを眺めながら、そばの芝生にねころんで色々空想に耽った。

吉川の家は、岩国の前、鳥取にあって、その頃の武将だったらしい。碑文の最後の方に、

「能ク禦ギ能ク戦ヒ力屈スルモ志屈セス仁愛ノ情ニ動イテ衆命ヲ救助シ節義ニ殉シテ泰然トシテ自刃ス真ニ忠勇義烈ノ名将」

云々と称せられている。その時三十五歳であったという。歴史にうとく先祖のこともちゃんと書くことは出来ないが、そしてこの碑の最後の一節のみ記したのではおわかり願えないかもしれないが、私は何となくこの碑が好きで、いつもこのほとりで過すことが多かった。

この辺より一段高く、錦川の堤防があった。

桜並木が続いて、上の方へ行くと、多田千石原の竹藪がある。これは吉川広家が横山に築城の際、土手を固定し保護するために植えたものと聞くが、そのあたりに「多田の渡し」というのがあり、学生の頃その船付場から小舟を出して蛍狩りをさせてもらったことがある。

暮れ遅い夏の夕方、家を出て堀の中に咲く河骨（こうほね）の黄色い花を眺めつつ歩いて竹藪につくと、その間の小径を河原へと下り、小舟に乗る。やがてせまり来る闇の中を、無数の蛍が飛び交ってそれは美しかった。その頃は戦争のおこることなど、夢にも思わず、のどかな夏休みを過した。

今回はその桜堤に、ドラム缶がずうっと積上げられてあった。ここに続いて、家の周囲にもぐるっと積上げられていた。木々に蔽われ空から見えにくかったのかもしれないが、もし一つ爆発すれば、誘発して我々は火に囲まれて焼死するより他なかったであろう。

私達の生活は先ず、平穏のように書いてきたが、つい最近、その当時兄へ出した手紙と、白洲正子さんへ絶えず送った日記の下書きが出てきて、すっかり忘れていたことを思い出して、びっくりしてしまった。なかなか生きていくのが困難な時の人の心のあさましさを、つくづく思い知らされた。

「衣食足って礼節を知る」という諺があるが、まったく物を手に入れることの出来ぬ時代で、靴のことだけでなく、何もかもが足りなかった。「幸子が庖丁を持出した」

という事件が書いてある。これは刺すの殺すのということではなく、使うためだったのだろうが「私はそんなことしていない」と書き添えてある。何か誤解を受けるようなことがあったのだろう。

○○より献上した（まだ献上という言葉が使われている）大福餅、献上品が大福餅というのもほほえましいが、それも餡の入ったのとわざわざ書きこまれている。それを誰が何個取ったとか、今では考えられぬことを真剣に書いている。

吉川の本家を継いだ長兄は、伝記にある父とは正反対の人であった。同じ屋根の下で、妹のようにして暮した従妹と、家のために結婚を余儀なくさせられたというのがまちがいであったのだろうが、一生職にもつかずぜいたく三昧の暮しをして、妾宅を往き来するような人生を歩んでしまった。

疎開の時も、その妻妾二組が岩国へ来て住んでいた。したがって、見まじきものを折にふれ目にするような日で、兄としては眷属（けんぞく）を養うために、物資の食糧も必要だったのだろうが、いざこざがたえなかった。戦後、会社勤めをするより前で、世間のことを知らぬ私は、正義感をもってつっぱるので、どんなに目障りだったことかと思う。旧殿様というところで、ゴマを摺って甘い汁を吸おうとする取まきもいて、それを見

破っては事を荒立てる私を、甥は、

「おばさまは女スパイだ」

といった。

人間関係は微妙なことが多く、曲ったことの嫌いな私はついつい口出しをしてしまうことが多かったようだ。当時一緒だった姉が生きていれば、今ならさぞさぞ二人で大笑いすることだろう。まだ色々あるが骨肉相争うあさましさ、地獄図を見た気がする。


私達も次第に仕事を与えられた。その中に松根掘りと、彼岸花の球根掘りがあった。彼岸花は花の咲いている時はよく目立つが、咲くまでは葉も出ていないので、どこにあるかさっぱりわからない。この根を掘って洗い、一人宛かなりの量の供出割当を命じられた。飛行機を作る時使う糊にするのだという。あてもない所を掘るのだから、たいへんな仕事だった。

ある時原田の姉が、東京から訪ねて来た。姉の長男が海軍でこの近くにいたのに会うためもかね、たいへんな苦労をしてやって来た。もうそろそろ着く頃と思って錦帯橋の前まで行って待っていたが、橋は見透しがきかず、最後の高い所へ来た時やっとお互に姿を見ることが出来たが、その時警報が鳴り出してしまい、大急ぎで二人は駆けて家へ帰り防空壕へ飛び込んだ。母もすでに入っていて対面の挨拶をかわした。おそるおそる外へ出て見ると遠くの空に大編隊が上陸し二手に別れて、一つは徳山方面に、一つは岩国を目指して来る。両方共燃料廠目当てで、山を目標にするためか海沿いでなく、私達の真上で爆弾を落す。それが目的地に落ちるよう計算されているらしい。空は広いとつくづく思ったが、下松(くだまつ)で陸に上り別れる所がよく見えた。真下にいて機から弾が落されると真直ぐ落ちるはずはないのに気味の悪いものだった。実際に弾を受けた人からみれば、のんきなものだといえよう。東京はたいへんだという話は、頻繁に伝わってくるが、兄姉や身近に罹災者がなく、信じられぬ思いもしたが、幸運だったのであろう。こうしてわりに安らかな日を送っていたのだから。

その内、勤労奉仕も始まり、義済堂のミシンかけや、類焼防ぎの建物壊しにも動員された。

場所は岩国駅周辺だが、家からは一里半（約六キロ）位もある遠い道で、お弁当持ちで通った。病後の体にはきつかったが、病後であろうが、昔のお姫様であろうが、そんなことで逃れられる時代ではなかった。

カーキ色の兵隊さんの号令に従って、二階屋に縄を付け、引張って壊し、壁土のもうもうした中で、便所の跡も何も一緒に、片付ける仕事だった。

昭和二十年八月六日のことは決して忘れることが出来ない。広島に原爆の落ちた日は家にいて、小窓のついた部屋で片付をしていた時、ピカリと窓が輝いた。（当時ピカドンといった）何のことかわからず、次第に怪しい爆弾が落されたという評判が伝わって来た。

翌日、何も知らぬまま出勤すると、例の兵隊さんが、広島のことをざっと話してくれて、皆は一層がんばらねばいけないと説教された。

昼時になって駅のベンチでお弁当を開こうとすると、汽車が着いて次々と怪我人が降ろされて来た。包帯が足りないのだろうかチリ紙をあてて、それが落ちぬようにざっと包帯で縛ってある程度だった。直接荷馬車に積まれて行く人もあり、駅のベンチに横になっている人もいた。私のすわっている隣もそのような人だったが皆、黙々としている。おしゃべりの私さえ声を掛けられる雰囲気でなかった。子供の時から身体の不自由な人を嫌そうに逃げてはいけないと躾(しつけ)られていたので、せいぜい平静を装ってすわっていたが、考えれば二次放射を浴びていたかもしれない。この後木谷（きだに）へ再疎開のため、作業には出なくなってしまった。

再疎開と終戦

広島に原爆の落ちた後、岩国もあぶないから木谷へ再疎開しようということになった。

これは錦川の上流で、二千ヘクタールほどの山に父が植林した所だった。

この山の小高い所に小さい社を建て、土地の人は父を祭って尊敬し慕ってくれていた。私は十八歳の時初めてここへ来て、すくすくと育った大きい杉の木立を見ながら、つくづく父にまみえた気持と、懐しさを覚えた。

今回は山林の事務所の二階へ、かろうじて逃げ延びて来たという感じだった。岩国からはオート三輪の荷台に、母、本家の姉と子供、とうやと私の五人で乗り、錦川沿いの道を山へと登った。山あいの清冽な流れはこんな時でなければ、どんなに楽しい眺めであったろうか。

私達は山の中心部になる大固屋(おおごや)という所にある事務所の二階に住むことになった。家数は五、六軒だろうか、それでも川向うには分教場があって、可愛らしい子供の姿も見えた。

本家の姉は、ここからまた一里上の、宮固屋(みやごや)という小さい家に住った。電燈もなかった。この辺は昔、平家の落人の住みついた所とかいって、平家屋敷とか平家に因んだ名の所が多かった。

私達の住む事務所は、錦川の上流のほとりで、川巾もせまく、周りは険しい山に囲まれていた。何里か登れば一〇六六メートルの平家岳の頂上になり、日本海が見え、晴れた日には反対側に宮島も見えると聞いた。山を越せば島根県ということだった。

山へ来て一週間して、八月十五日終戦となり、事務所の聞きにくいラジオで、陛下のお言葉をうかがった。

皆、黙々と席を立った。

この前夜、岩国飛行場は大空襲を受けた。おそらく残りの爆弾をみんなバラ蒔いたのだろう。

この山から動員で出ていた娘さんが、お盆で帰省する時やられたそうだ。事務所の前の川を隔てた山の尾根を提灯をともして帰って行く人達の列を、なんともやるせない思いで見送り冥福を念じた。

私共では土地の娘の育乃ちゃんという可愛いい娘が手伝ってくれていたが、一里ほど離れた野地という所に大おじおばさん夫婦がいて親身になってせわをしてくれた。足が悪くて出られないので、私の方から度々遊びに行った。山深い所で、木馬道をつたって登るのだが、弱虫の私は一人歩きが少々こわかった。大嫌いな蛇はたくさんいるが、しまいには馴れてしまった。猪も時々出るそうだが、幸いお目にかかることはなかった。

娘時代に来た時、山歩きして、岩煙草（いわタバコ）や、ゲンノショウコの可憐な花や、ジャケツイバラの黄花、山法師の白い大輪など教えてもらった。今回は花もなかったが、やがておばさんの家の周りに彼岸花が燃えるように咲きはじめた。この地方でもめらと呼んでいた。栗の降るように落ちる所へ、歩くのはむりだから、背負子で連れて行くというので、それはことわった。

一カ所段々畠の上に家の焼跡があって、南に展けて眺めがよく、すっかり気に入ってしまい、一人身の私は一生そこで暮したいと思った。おばさん達もめんどうみるからとしきりにすすめてくれたが、周りは一軒の家もなく、きらいな蛇に囲まれての生活を思うと、金時娘のように気丈にはなれなかった。

炭焼小屋に立寄って山の話をきくのも楽しい一時だった。

山にいる間、裏の納屋でお豆腐をつくるのもみた。縄でくくって持って行くという話があるが、絹ごしよりはるかにかたく、色も真白ではなかった。コンニャクを作るコンニャク玉も知ったし、カラシも種をすって作ることを習った。

一度大きな台風があった。母ととうやと三人で二階に寝ていたが、とても恐ろしくて居たたまれず、階下の台所の隣へ移った。崖上の家から何やら飛んできて当る音だけでもすさまじかった。

翌朝になって驚いたことに、二階の屋根がすっぽり飛んでしまっていた。おそらく私達が降りてまもなくのことだったろう。幸い怪我もなく過した。川中にあった小屋ほどもある大きな岩が、下流に場所を変えていたのにもびっくりした。岩国の吉香書院も裏山が崩れ、家の中に土砂が入り、気丈な姉は本邸まで助けを求めに夜中行ったが、堀も道も見分けられぬ水だったそうだ。

戦争は終ったが、山の食糧は本当に憐れだった。下の農学校から一度野菜を届けて下さった。前の川にお魚がいそうなものだが釣る人もいなかった。たとえ釣れても内緒にする世相だった。一、二度、母のためにやまめの小さいのをもらったことがあった。生きた鶏を一羽くれた人もあったが、翌日卵を産んだので飼っておくことにした。少したつとちっとも産まない。今度こそシメようと話すと不思議にまた産む。誰も殺すのはいやなのでとうとう帰るまで飼って、おいてきてしまった。

朝夕ひえびえとして秋も大分深まって行ったが、いつ東京へ帰れるか何の沙汰もなかった。

もう空襲の心配もなくなったので、山からおりて岩国の家へ戻った。しばらくの間でも、命を守ってもらい、世話になった人々との別れは淋しかった。

暑い間何かと冷蔵庫代りに冷した谷川の水も一層つめたく、道端に笑み割れた栗が落ちているようになった。

持帰る荷物も何かとあって、柳行李に亀甲形に縄を掛けることもこの時覚えた。行李は予想以上に詰込め、中程を高く積上げた方がよく、それにはあの縄の掛方でないとだめだが、今は見たこともない人の方が多いのではあるまいか。裏の木樵の人に作ってもらった藤蔓を編んだ籠に、お倉にあった寝具をほどいて、更紗の紐をつけ、私が考案した背負う物など、今も取っておけばよかったと思うことがある。

いつまた来ることがあるか知れない山に名残を惜しみつつ、清い流れの錦川に沿って本邸のある横山へ下りた。といってもいつ東京へ帰れるかはあてもなかった。幸い私の里の吉川の家は、東京も大磯も戦災に遭わず無事だったが、途中の乗物は容易に確保出来なかった。

一年近い疎開の間に、兄の子供達は土地の国民学校へ通い、一端岩国弁を使って遊んでいた。下から二番目の男の子は、お腹をすかせては「クッキークッキー」とねだるので「ハイカラな子ね」といったところ干柿のことを「カキーカキー」といっているのだった。山からおりる道も田舎家の軒先に柿がのれんのように吊されていていてきれいだった。一番下は岩国へ来る前、大磯で生れたまだ赤ん坊だったが、何分お芋育ちで黄色い美事なウンチを私もだいていてつけられたことがあり、キントン坊やと呼んでいた。

食糧もまだまだ不自由だったが、燃料廠から食用油とお砂糖がたくさん配給された。家の周りに積上げられていたドラム缶からこういう品が作られるのだろうか。久々に白いお砂糖がたっぷり食べられた時は、夢ではないかと思われた。

山で親切にしてくれた小父さんが、栗と狸の毛皮を持って尋ねて来てくれた。

「皆さんが帰られた後で、狸が取れたからえり巻にしてください」

という。生の皮で、干しておいても銀蠅がたかるので困った。せっかくの親切を無にすることも出来ず、東京に持ち帰ったが、今までの銀狐のかわりに使う気にもなれず、チャンチャンコを作らせた。皮がたりないといって兎と接合したので、これではカチカチ山でさぞ暖かろうと笑った。

やっとのことで汽車に乗る時が来た。もちろん満員。兄一家も一緒に引揚げたが、しっかり者の姉は母をおぶって人並をかきわけてトイレ通いをしてくれた。広島通過の折はやはり感無量だった。

原爆投下の日の前に東京から兄が来ていて、前夜ここを通って帰京した。また兄嫁の兄伊達さん（当時広島の税務署長）もやはり岩国に来られ、その朝立たれたがまだ広島へ着く前だったと聞く。私達一家は何かに守られているように幸運だった。

焼野原の広島の街には今後何十年も草木一本生えないと聞いていたが、今はすっかり繁栄の市となることが出来た。

母ととうやと私は、もう東京には行かず大磯の長者林の跡に戦時中建てられた家に住むこととなった。

食糧も充分とはいえないが、別荘番の爺やが畠に作った野菜も、地引網の小魚も手に入ったし、衣料は勝彦のガウンを直した外套や背広をスーツにして着たが燃料には困った。山の小父さんが、

「炭を焼きに行ってあげようか」

といったが、簡単にたのむことも出来ず、やっと姉の所で手に入った炭俵一俵を知合の外人さんのジープで運んだ時は、風に炭の粉が散って、着いた時には二人共黒ん坊になっていた。東京より暖い大磯とはいえ電気毛布もボアシーツもない時代で、湯たんぽだけの蒲団に入って、母は、

「氷の中に入っているよう」

といった。

昨今暖いベッドに入るたびに、母にこの心地よさを味わわせてあげたかったなあと思う。

大磯の知人も、皆さん元気で迎えて下さり、私達のいない間に、別荘に疎開されたまま東京へ帰れぬ方がたくさん増えていた。

終戦の年もすぎ、昭和二十一年となった。はじめのうちは何となく過していたが、私もこのまま昔のようにお稽古事などとのんきに暮して行かれない時勢であることが次第にわかって来た。電車が「鬼畜米英」などと書いた幕を横腹にたらして走っていた時代を通り、元々あまり出来ない英語を、さらりと忘れていた私だが、そうしてはいられないことに気付き、田園調布の雙葉会に勉強に通うことにした。昔習ったタイプライターを学習院の先輩のマダム柳谷(やなぎたに)に、英語をマダム・セン・ザビエルに教えていただくことになった。御二方ともよい先生で、ここの学校とて暖房のない時代なので、手がかじかんでしまうと、

「少し休みましょう」

とお庭に出る石段の陽あたりのよい所に腰をおろしてお話した。マダム・セン・ザ

ビエルは雙葉卒業の古い方はたいていご存じのすばらしい方だった。しばらくして御病気になられて先生が代わられたが、あのまま続いて習っていたらおそらく私もクリスチャンになったろうと思われる。上手にほめて教えられるというのか、

「貴女はよく勉強して来る」

とおっしゃった。

雙葉会もお嬢様学校のため、親の出して下さる月謝では勉強が身に入らぬ方もあったろうし、私もそうだったが、今回はこれからこれで食べて行こうというのだから少々意気込みが違ったのだろう。それにしても頭の悪さはどうにもならなかった。マダムは紅茶をすすめて下さり、

「お砂糖をあげたいのだけれど、ここにもないのでお家から持って来て入れたら」

ともいって下さったが、家にも余分なお砂糖はなかった。その時マダムはEverything plentiful soonとおっしゃったが、当時そんなことはとても思いも及ばぬことで、この尼さん何を寝惚けているのか、と思ったが、今あたりを見廻せばあり余って無駄な物が多く、恐ろしいばかりになってしまった。

会社勤め

勝彦の義兄、森村義行氏も大磯の別荘に住んでいらしたので度々お会いする折もあった。その頃再開された森村商事に来て働いてみてはどうかといって下さった。女が働いて暮して行くという時代に育っていない私は、勇を鼓して使っていただくことにした。義弟の元家内を憐れんで声を掛けて下さったのだろうが、こちらも働かねば食べて行かれぬ社会に初めてぶつかっていた。

会社は日本橋の今の東急デパートのあたりにあった三菱銀行の三、四階だった。長者林の家から大磯駅まで約二十分、汽車が一時間半近く、東京駅から歩いて十五分位だったろうか。

昭和二十二年（一九四七年）十二月のはじめから、生れて初めて、今でいうOL時代が始まった。当時は男の世界、会社の内部など覗いたこともなかった私だが、社長の義妹ということもあって、皆親切にして下さった。しかし一月もたたぬうちに夏頃から具合の悪かった母の病いがだんだん悪くなっていった。いずれもっと悪くなれば会社を休まねばならなくなるだろうと思って、一日も休まず年末の休みまで通勤した。八人もの子持ちの母ではあるが、子供達もそれぞれ家庭を持ち、交通も不便だった時代でほとんど顔を見せなかったし、お医者だ、病院だというものも思うにまかせなかった。一度松方家の家庭医だった馬場先生に東京から来ていただいたが、当時は停電が多く、夜分駅から遠く真暗な松林を抜けて、はじめての家によく往診して下さったと感謝している。

容態はおもわしくなかったが、お正月の一夜飾りは忌むことなので暮れの三十日は自転車で走り廻って正月用の品々を買って来て飾ったりした。しかし翌三十一日、母は遂に不帰の人となってしまった。そばに居たのは分家の兄の重国と私の二人だけだった。言葉もなくただ二人、涙にくれて夜を過した。

今は火葬場も平塚にあるがその頃は大磯の裏山で荼毘に付した。女は行かぬものといわれて残ったが、別荘番の爺やが灰のすべてを手で掬って壺に入れたが他所では出来ないような丁寧なあつかいだったと兄はいっていた。私も本当によかったと思った。何日か後、父の眠る谷中の墓地に葬ったが、お骨は知合のアメリカ人の奥さんが東京から車を運転して迎えに来て下さった。当時は車も自由に使えなかった。墓地の父の墓前にはハーバードクラブからいただいた横文字の入った石燈籠が建っている。母は何とアメリカに御縁のあることかと思った。

一人きりになった私は、会社通いで淋しさを紛らすことが出来た。社長令息衛氏は家では私を叔母様と呼んでいるが、会社ではテレクサイのかオバサンと呼ぶので会社の人たち誰からも〝オバサン〟と呼ばれるようになった。

親類の年寄りから来た手紙の字（続け字）が読めないから読んでくれとか、寮から来る人はオバサンのお弁当の方がおいしそうだから取替えてくれとか、（寮母さん考案でコッペパンの薄切りの間に炒り卵や佃煮をはさんでサンドイッチ風にしたもの）パンツを買うのが恥ずかしいから三越へ一緒に行ってくれ、と昼休みに連れ出されたり、皆十歳位年下の元気な若者達と結構楽しい日々を過した。

再開間もない会社はまだ揃っていない物が多くて、タイプライターは旧式の大型アンダウッドと他一台だったが、普通の机と椅子ではとても使いづらく、厚い電話帳を二冊、お尻の下に敷いて腰掛けた。

部長の遠藤氏はハイカラな方で、フェミニストだったから私はあまりしかられなかったが、男の人は気の毒なほどしかられていた。でも今になってそれがどんなに役にたったか感謝していられる。私も初め、出された原稿の続け字が読めなくて、

「はじめのうちだけわかり易く書いて下さい」

といってしまった。

「そんなことしたら何年たっても同じだ」

といわれた。英語が出来さえすれば後先でわかるはずだが悲しいことにその力がなかった。ジェムという小辞典を見てばかりいてボロボロになったが今も記念に取ってある。当時供出で取りはずされたエレベーターのことを知らずに四階から落ちかけたこともあり、泥棒が入って、一度はタイプライターを盗まれた。そのことがあってからは帰りに倉庫まで運んでしまったが、普段では持てないほど重かった。オバサンが歩くのにガニマタなのはそのせいだと笑った人もある。

朝は九時出勤、平日は五時にすんだが、土曜日は当時半ドンといい、十二時に退けた。今は女の人も夜おそくまで残業するようだが、人気のないビルに一人残るのは弱虫の私は一番いやだった。その頃はルンペンストーヴとかいう上の平の楕円形のストーヴに草炭(そうたん)という煙のすごく出るものを焚いていたが、時々煙突が詰まるとさあたいへん。部屋中もうもうの煙で窓を全開して震えて過さねばならなかった。お昼はお弁当持参なので、アルミのお弁当箱を小包の紐で結わえ、ストーヴの上に積重ねて暖め、熱いので紐に棒を通しておろし、あつあつのお昼を食べることが出来た。

役員会が週一回あって、その時は裏にあるたいめい軒の洋食弁当やお寿司を注文した。それを見るととてもうらやましかった。我々は店先に並んでコロッケを買ったが、トンカツソースというものもその頃はじめて知った。

退社後東京駅へ行く途中、八重洲の大通りに屋台がずらりと並んでいた。それぞれよい香が漂い、のれんをちょいとくぐって皆入って行った。今ならおそらく一人でも入ったろうがその頃はそんな勇気もなく、たまたま藤沢から通う上役さんに連れて行ってもらった。クリスマスイヴは早々と仕事を切りあげ、皆それぞれたのしそうに出て行ったが、私ともう一人の女の子は取り残され、二人でパーティしましょうよと八重洲のおしるこ屋に入っておしゃべりしたのも懐かしい。あの頃はサマータイムというのがあって、朝も早いが退けるのも早く、まだお日様がカンカンと照っていた。その頃皇居内にあったパレスクラブという所へテニスをしに寄ったこともあり、大磯へ帰ってから浜へ出て泳いだこともあった。

夏のはじめの頃だったろうか、夕方の海は人気もなく、波も穏かになって、遠い水平線に湧く雲の峰が、半面夕映で朱鷺色に染ってそれは美しい眺めだった。たった一人で自信のある所まで泳いで帰って来るのは、本当に心地よかった。

またある冬には、皆でスキーに行く相談をしている。

「私も昔行ったことがある」

といったので、ぜひ行こうと誘われてしまった。といっても結局東京からは私と他一人、名古屋営業所から二人という四人の旅となった。行先は、燕温泉だった。朝大磯から出社して一日仕事をしてから、渋谷にある兄の家で仕度をして上野で連れのY氏と会った。

「僕が走って席を取るからオバサン荷物を持ってきてくれ」

といわれ、二人分のスキーをかかえてやっと列車に乗込んだが、通路にも人がいる混みようだった。名古屋からの二人が篠ノ井で落合うことになっていたので、見て来るからと、Y氏が降りて行ってしばらくすると、入口に大男のT氏が現われ、「オバサン老骨をおしてよくやって来ましたネ」

と、大声でいった。車内の人はただ一人のスキーヤーと思っていた私にむかって、老骨とはどんな人かと皆の視線が集ったのには恥ずかしい思いをした。私は三十八歳だった。

その頃は田口の駅で降りて歩くのだが、着いてからＮＨＫの昼ののど自慢を聞きたいから、荷物は持つから急げとせきたてられた。しかし関見峠でお昼になってしまった。私の大好きな神奈山の尾根にめぐりあい、雪の上に寝そべって仰いだ空の青さ、何年ぶりかの楽しい眺めだった。

峠からの降り口は左に出張った大きな岩があり（今はこわされたはず）右は急斜面で谷になっているのがいつも怖くて、赤倉は馴染だから一人残るといったが、別行動は許さぬと連れて行かれてしまった。今の人はリフト待ちに長い列を作るが、その頃はリフトなどなくて、スキーの裏にアザラシの皮をつけて皆登って行ったものだ。その辛さもまた楽しいのに、今の人はなぜ長い行列が好きなのかと思う。

私が兄たちと連れ立ってよく行ったのは昭和六、七、八年頃のことで、二月頃のスキー場は学生が試験中でガラガラだった。まして女一人というのは珍しく、写真を撮られ、鉄道のポスターに使われたこともあった。

今回の旅はずいぶんおじゃま虫だったと後悔する。お彼岸のお休みの折で、始めは晴天だったが大雪となって道も途絶えてしまった。

同宿の一人が夜になっても帰って来ないので捜索したが、スキーが折れて、凍死していたという事件もあった。遺体を降ろすために道はつけられたが、会社には、「降りられぬ」と電報を打ってサボってしまった。枯木立の中を布に包まれた遺体が、橇に乗せられて、降りしきる雪の中を遠離って行く景色はなんとも淋しいものであった。夜汽車で帰り、出勤して夕方大磯の家に帰ったが、さすがつかれてタイプライターの前で居眠りしそうだった。

その他、会社の旅行にも加わったが、熱海の旅館の窓下でギターを弾く流しを見たりした。パチンコというものも初めて連れて行ってもらい、珍しい経験をした。

今では何回も海外へ行かれたであろう役員さんクラスも、当時は外国の習慣など知る機会もなく、入社早々の詰襟姿の人もいる時代だったので、部長の遠藤氏が日本橋のどこであったか洋食屋へ連れて行って下さり、フルコースを御馳走して下さって、食べ方から教わったようなありさまだった。

会社で取扱っていた物は、戦時中は主に「碗皿」と呼んだ国内向のあまり上等でない茶碗類だったが、輸出が再開されるにあたって、昔扱った洋食器に変っていった。制限付きではあったが昭和二十二年（一九四七年）八月頃から民間貿易が盛んになった。その頃はブルーウイロー（ローズもあった）とよぶ柳と橋の古くからあった模様のディナーセットなど陶器類の他春慶塗（しゅんけいぬり）のお盆や、亀山ろうそく、関の刃物といっても食器類、それにクロイソンベース（七重）等が扱われ、食器の裏には Made in Occupied Japan と印されていた。

ＰＸや貿易庁を通すのでお使いに行ったりした。

昭和二十三年夏頃、貿易はますます上昇して若い社員は船積みに間に合うかどうかと熱気に溢れていた。残業している人の横から、上役さんが、

「様子はどうですか」

と励ましの意味もあって覗かれると、

「うるさい、あっちへ行け」

とどなった人々もいたと聞く。後年仲のよかった人達の集りを作った時会の名前を「下克上会」としてはと笑った。英語の達者な野原克也氏が電話に出て、「イエスサー」「イエスサー」と繰返されるのをまわりで「ヤッコラサー、ヤッコラサー」と囃したりして皆うきうきした気分だった。

取り引きのあった外国の会社の一つ、メタスコの東京支社長のクーパー氏のところは奥さんも仕事をされてその方が権力があった。やせぎすのオバサンで皆は鬼婆々、鬼婆々、とかいって嫌ったが、私は戦前育ちでマナーも少しは知っていたし、私に話せば社長に通じると思ってか何か頼まれれば事情もわからず役に立ってあげたくて取次ぐので、他の課の上司からも嫌な顔をされた。

「松方さん電話ですよ」

と遠くから聞こえると急いでトイレに隠れる悪いことも覚えてしまった。

しかしそうした用事のために上司の帰られた後、必要な書類を届けに藤沢に住まわれる重役さん二軒に帰りに行かねばならなかった。奥様方は大磯まで帰るのにお腹がすぐだろうと、それぞれ何か食べさせて下さったが、インスタント食品もなかったあの頃、さぞ御迷惑をおかけしただろうと今も思い続けている。

その頃他の会社だが勤めていた仲間に、勝彦のいとこに当るハルさん（のちのライシャワー夫人）やアメリカの銀行に勤めている米子さんという未亡人もあった。ハルさんのジープで昼休みか何かあちこちしたこともあったが、私の出勤中大磯の家にお友達と行きたいといって一、二度来られたことがあった。御持参の御弁当が私の分として残されていて、ハイカラな御馳走をいただいたりした。お連れのお友達は知らないが、あるいはライシャワーさんもいらしたかもしれない。

またある夏は麻生和子さん（吉田茂首相令嬢）がお父様のお住いの大磯で夏を過したいからといわれ私は家をお貸しして、自分は東京の兄の家の隅にある例の震災で焼残った小屋に住むことにした。ところがその時見に来られるのに連れていらしたリーダーズダイジェストの東京支社長のマッカボーイさん夫妻がすっかり気に入られ、その方に貸してあげることになり、とうやも家付きで残ることになった。私も週末別荘番の家に泊りに行ったりしたが、車にのせていただくと、道端にはためく幟のアイスキャンデーというのを見付けられ、一字一字区切って読まれ何の意味かときかれ、他の人にはゼネストとは何かときかれた。あちら語と思っているのをあべこべに聞かれ面白かった。外人さんには風邪引きの時にするマスクも不思議なものだったらしい。

「女の人が白い物を口にあててるのは何ですか」

と聞かれたこともある。マッカボーイさん夫妻は大磯の別荘をたいへん気に入られたようで、夏が終ってから自宅の食事に呼んで下さり、結婚以来はじめて楽しい夏だったといわれた。GHQの女の人と知り合って東京海上火災ビルだったと思うが、女ばかりの宿舎に呼ばれたこともある。また私の同級生でアメリカ大使館に勤めている友達の所には、お仲間の古着が時々出るというので、会社の帰りおねだりに行った。今の人がやれどこそこのブランドが良いなどというのと違い、どれでもハイカラに見えて喜んで譲っていただいて来た。

若さというものは何とよいものだと思う。無神経で怖れもなく、遠慮もなく、疲れも知らず、通して来てしまった。

その頃通勤には東海道線を利用していた。車輛は木造もあったような気がする。窓ガラスはあちこち破れ、板切れが打ちつけられていた。

暖房もなく、時々どこか暖い席があるのでさがして座った。

プラットフォームでは、次々にお知合がふえていった。長老は元樺山伯、外務省の沢田廉三氏、夫人のエリザベスサンダースホーム園長さん、坂西志保女史、慶応義塾の高橋誠一郎先生、森村義行兄、その他若い方では寺田喜一郎氏、武田武四郎氏などもたくさんお友達になり、有益なお話や、面白いお話を伺うことが出来た。高橋先生は当時芸術院院長でいらして岩国の錦帯橋のことをお尋ねくださったことがあった。その頃キジア台風で流失し、すべて新しい物に変ろうとする世相の時で、あんな車の通れない橋でないのにすると新聞に報じられていた頃なので、私は一生懸命橋の命乞をした。それが叶えられたかどうか知らぬが、元の形でかけられ、今も名所として残ることが出来た。

偉い方々も何の見境もなく食下る私を、高橋誠一郎先生は岩田（獅子文六）の書いた『自由学校』の駒子と結びつけてお考えになったらしく、後日岩田と結婚してからの文通の中に、私が駒子となっているのでおかしかった。

その頃、沢田夫人は、サンダースホームの資金集めの会を催され、疎開から居続けた別荘族が、会費で集り、楢橋渡邸でダンスパーティがあった。御趣味でにぎり寿司の上手な、日向氏や、その助手の山下三郎氏が握って下さり、おいしく頂いたが、余興に、沢田夫人が艶やかな服装で、カスタネットを鳴らし、フラメンコを踊られた。御主人の廉三氏は、見かねたというところか、見物席の後方からスリッパを投げられたのには、ドキッとした思い出がある。

通勤列車の話に戻るが普通列車ばかりでなく、時には貨車にも乗らねばならなかった。普通の客車は立っていて揺れても区切りで支えられるが、貨車に詰込まれては一人押されると将棋倒しになってしまう。ある時怪我人が出て担ぎ出されたことがあったが、私もかろうじて堪えたものの、何かフーッとして大磯を通りこし、次の駅で降りたことがあった。

このような列車だったが沿線の眺めは今よりずっとのどかだった。早出の時は大磯を出ると相模湾にキラキラ光る朝日が松の間に見えたし、両側は田や畠で、藁葺屋根が点在し、今はきり展かれた所も小高い丘になって木が繁り、どの辺だったか大きな大きな草鞋が木にさげられた神社が遠くに見えていた。五月晴の空にたくさんの鯉幟が泳いでいたり、折々の花にその季節を知ることが出来た。

今もって変らないのは、平塚辺からみる富士の霊峰と、大磯の裏にある高麗山位だが、これとてもいつ遮るものに隠されてしまうかわからない。

突然の解雇

今ならとても勤らぬなまけ社員の私も、どうにか丸三年たった昭和二十五年（一九五〇年）の暮れのある日、突如解雇を言い渡された。日頃遠藤氏は日本ではないことだが、外国では仕事の出来ぬ社員は明日から来なくていいといわれることがあるのだと話しておられたが、それが日本で、しかも我身に振りかかって来るとは夢にも思わなかった。

いつも通り出社して、何か様子がおかしいと思ったじき後のことだった。重役室に一人ずつ呼ばれ、呼ばれたらアウトということで、今偉くなられた一人も、

「あの時は戦々恐々として机にかじりついて仕事をしていたものだ」

と話され、若い女の社員が部屋から出るなりわあわあ泣いて、本当に可哀そうだったということも聞いた。

その年の夏頃から貿易不振となり、会社は人員整理して建て直さねばならないようだった。何人かやめさせられた人は森村家に近い人が多く、そういう人を先ず首にしなければならないのだとも聞いたが、どの道、役にもたたぬ私が放り出されるのは当然だった。なぜ義兄が納得ゆくように前もって話してくれなかったかとちょっと思ったが、あの情深く、神様のような人のよい義兄には到底口にすることは出来なかったろうと思い、恨みがましいことはただの一度も言っていない。

しかし、実際問題として母も死に、一人で暮している私はどうにか道を開かねばならなかった。預金など一つもなかったし、退職金も一万七千円だった。

昔からおせわになり可愛がっていただいていた白洲次郎さんの鶴川のお家へとんで行った。また私に何か困ったことがあると不思議に現われ助けて下さる同級の津軽久子さん（常陸宮妃の母君）にも御相談した。皆さん本当に心配して親切にして下さった。

結局免許もなく働いていたのだからこの際出直そうと思い直し、千駄ケ谷の津田英語会にタイプライターの免許を取るためと英語の勉強に大磯から通うことにした。

私はしおらしく泣くような女ではなかった。

一旦止めてまたお茶汲程度に森村に雇われるのだとか、クーパーさんの所へ行くのでしょうというわさも耳にしたが、未練がましく残るなどとは到底プライドが許さなかった。いくつになっても若い人と机を並べるのが好きだった。

関西から来ていた人に「ケツネ食べまひょ」と誘われては近くのうどん屋で昼をすませた。

初めてタイプライターに向った人にくらべれば、いくらお情とはいえ、三年メシを食って来た私はファースト・クラスの免状をいただいた。もう一人同じで、後は全部セカンド・クラスだった。

ここに通っている間に知合った奥様のお友達の外国人の御主人が、メソニック・ビル（旧水交社で外国の会社ばかりあった）で小さい貿易会社をしていらして、そこへ世話して下さった。東京駅から日本橋まで歩くより、飯倉は不便だったが、そんなことを言っていられなかった。私は、平塚の職業安定所へ失業保険をもらうために通っていた。勤めながら貰いに来るといけないので、まちまちの時間に取りに行かねばならないのは困ったが、新しい会社は、小さく、融通もきいたので、取りに行かせてもらった。

現在の復興した平塚とは大違いで、職業安定所のあった辺りは、闇市だったのか、軒の重なり合った暗いジメジメした路地で、溝板の上を踏んで通った。

はじめて来たこのような場所に、オドオドしながら、労務者風のおばさんの間に並んで、順番を待つ間、自分の身の移り変りを振り返って、これほど惨めさを覚えたことはない。窓口に、必要事項を書いた書類を差出すのにも、松方という姓や、卒業学校名を書く時、やはり躊躇（ためらい）を覚えた。渡された金額を忘れたが、月謝も、食費も、交通費も出さねばならなかった。ちょっと買物すれば、一度になくなるような額であったが、他の人に比べれば多いので、そおっとハンドバッグに入れて、押戴くようにして、ここの門を去った。

通りすがりのゴタゴタした大通りに、いつも同じ易者が出ていた。台の上に、十二支の絵を画いた紙を広げ、○○女史、ヒットラー等と、例をあげて、熱弁を振っていた。前の列の人は手を出してみろといわれ、好奇心もあり、自分の前途を知りたい気持で、手を差出した。皆、近在のおかみさん達で、日頃汚いと思う自分の手が、少し

はましにみえた。当ったようなこともいわれたが、
「この人は何か一芸に秀でている」
といったので、何を言うかとおかしくなったが、六月頃から運が開けると言ったのは、その頃何の話もなかった岩田との結婚を意味していたかと後で思った。

住居はずるずると母のいた家で暮したが、それも、いつまでもとはゆかぬことを知っていた。家の修理の必要の時もあり、暮れが迫っても払うお金がなく、売りに出しておいたキャメルのコートと、衿に毛皮の付いたツーピースが、四千円で売れた時は、私は初めておがむような気持でお金を受取り、ありがたいと思うと同時に、貧乏の辛さも知った。

そのお金で、屋根の修理代を払い、残りでお正月のおせちの品を買った。おせちなど、ほしくなかったが、年老いて私のために仕えてくれるとうやに、せめてお正月らしくさせてやりたかった。可哀そうなとうやは、好きな煙草代、五百円をやるきりだったが、お乳を飲ませ、育てた私かわいさに、私の傍に居続けてくれた。朝は早く起きて、外の竈（かま）で薪を燃して御飯を炊き、お弁当を作ってくれ、残業でおそい夜は、人

通りのある町角まで迎えに来てくれた。松林の中を歩いて来る提灯の光が、チラチラと見え、割烹前掛の上に、衿巻を首に巻いた寒そうな姿が近づいて来るのが目に浮ぶ。

家の周りは前にも記したが、松林で、前は海という淋しい所だった。台風が来るたびに、もう来年はいやだと思ったが、住む所がなかった。

嵐の日、会社が早く退け、海の方へ帰り道に出てみたら、家の前の畠の向うを通る遊歩道路近くまで、波に洗われていた。戦時中、制限で建てた小さい家ながら、東西に八畳、十畳、八畳と並んでいたが、東の部屋は物音がひどく怖くていられず、西の部屋に、とうやと寄り合って夜を明かした。避難命令が出たそうだが、松風の音、潮騒(しおざい)にかき消されて、何も知らなかった。翌朝見たら、東角の小屋は倒れ、東隣りの別荘の小松は、皆捩切られ、嵐のすさまじさを物語っていた。これで台風は私の家の東の部屋あたりを境として通って行ったのだとはっきりわかった。

修理の職人は私の里の吉川さんで払えぬことはないといったが、昔は別荘という物を、特別な目で見ていた。しかし、当時の私は、まったくの一文無しで、もしあの頃、大病なり、事故にでもあったら、どうしたことであろう。今の私と違って、まったくの楽天家で、ケセラセラというところだったろうか。何も起こらず通って来てしまった。

といっても、時には、ホトホトへこたれてしまうこともあったが、とうやは、

「何ですか、今が働き盛りじゃありませんか」

と私をどやした。その言葉に又立直った。

今でも、時折りそのとうやの声を耳にしてしまう。そうはいっても、今ではどう考えても、働き盛りとはいえないと思うと、わびしい気がしてくる。

森村商事を早くやめて日航へ入られた野原克也氏は、ドバイだったか、日航機がハイジャックされた時、欧州総支配人になっていたので新聞などで大きく報道され驚いた。今は旅行開発即ちジャルパックの社長をしておられ、金野滋氏は自分で会社を創立して社長として立派に運営しておられる一方、趣味のラグビーの世界に尽され、昨年はスポーツ界に貢献されたことにより英国のクインから日本人として初めての勲章を授けられた。盛大なパーティを催され、出席した人々は皆、我がことのように喜んだ。小林年光、横山寿雄両氏も森村商事の役員として活躍され、世事にうとい私は何かといっては飛込んで行くと親切に指導して下さる。このようにして仲のよかった十

人余りが一年に一、二度集っては昔話に花を咲かせている。皆忙しい方達なのに、この会の時は楽しんで参加され、繰返し同じ話をあきることなく続けている。相変らずオバサンとして仲間入りさせて下さり、今年の年賀状にも「オバサン元気か」とか「孫が来てゴタゴタ過した」とか書いてあり、ほほえましく読ませてもらった。

第三章　獅子文六との日々

獅子文六と再婚

独り身の私を心配して下さる方もあり、コブ付でないというのもよい条件だったのだろう、あちこち縁談を持ってきて下さった。松方の母のところへも、義兄の森村社長のところへもある高貴な方からのお話があったそうだが、私はお話のあるたびに義兄に、

「私は再婚はいやですから、どうかここへ置いてください」

と頼んでいた。しかし今はこうして職を求め、遠路の通勤は寄る年波に無理だということを感じ、意気地ないようだが自分の生きる道の一つとして結婚を選ぶような気が起きてきていた。

その頃長年お世話になっていたお医者様と、和田の姉の所へ同じお話が持ち込まれた。関西だったので、何の仕度も出来ない私は気がすすまなかったが、仕方がないという気でいた時、樺山さんから、「ちょっと話があるから来るように」といわれた。

樺山さんへ行く道は、安田靫彦画伯邸の前を通るのだが、そこは道幅も狭く片側は深い切岸になって細い川が流れていた。向うはよその別荘の繁みだったが、その流れの上に枝をさし延べて桜の老木が何本か並んでいた。年毎に美しい花を咲かせ、母の元気な頃はお花見に来たものだった。私の住んでいた長者林から遠いので、爺やのリヤカーでの遊山だった。数は少なくなったがその年も今まさにほころびようとしている花の下にしばらく佇んで、

「もうこの花も今年が見納めか」

と思いに耽っていた。心すすまぬまま関西行きをやむをえぬことのように思っていたからだった。

こんな気持で樺山さんに伺ったところ、用事は思いがけぬ岩田との縁談だった。昔から文芸にうとく、むつかしい本を買っても読まずに放り出すような質で、いとこにぜひ読めとすすめられて、初めて読んだ小説は谷崎潤一郎の『痴人の愛』だった。そ

の他は菊池寛の悲恋の物語に涙したくらいで、岩田のものなど何一つ読んでいなかった。当時『てんやわんや』が評判であったが、

「面白いわよ」

と人に聞くだけで、岩田豊雄が獅子文六だということも知らなかった。

樺山さんの少し先に竹垣の続いた別荘風の家があって、それが岩田の家だと教わった。そこは以前いらした日向さんの亡くなられた時に、お悔みに行って知っていたが、今の住人は全然わからなかった。

あの竹垣の中になぜか金キラキンの唐獅子が、どてらを着て散歩しているという妙な想像をしてしまった。表札も獅子洞と書いてあった。写真さえ見たこともないのに、先ず、悪趣味な姿を思い描いてしまったが、お話して下さった樺山のおじいさまは大好きな方、この話の元となった坂西先生は前からあこがれている方でこのお二人の御推薦に私の心は動いた。

しかし井の中の蛙である私は、文筆家の家庭など知るすべもなかった。

当時やはり勤めていた時の汽車のお付合で知合った新潮社の菊池氏を訪ねていろいろ伺った。あんまり評判はよくなかった。菊池さんが坂西先生に世話された曾宮一念

氏の牡丹の絵を見て、岩田が、「あれは自分によこすべきだった」という意味のことを簡単に書いた葉書を見せて下さり、「こういう人なんだ」といわれた。岩田とすれば牡丹亭と名乗る自分にというつもりなのだろうが、すべて高飛車な人なので菊池氏は気を悪くされたらしく、

「幸子(ゆき)さんなんかより、夫婦喧嘩をした時に髪振り乱して『文六が殴った』と叫んで、町中駈出すような人を世話したい」

といわれた。岩田にこの話はしなかったが、今は二人共この世にはいない。

町医者でどこの家へも出入りされている中川先生の所へも伺った。薄暗い夜の診察室で、

「ケチという評判ですが」

とお聞きすると、終生書生ッポみたいだった先生は、(母の死の時からのお知合)突拍子もない縁談とでもいうように面白そうに話にのって下さった。

「蒲団はボロボロだが今奥さんがいないのだから仕方ないよ。払いはきちっとする人だから大丈夫だよ」

と言われた。樺山夫人(お爺様のお嫁さん)梅子さんも、夜、垣根の外を歩いてみ

たが、
「明りが煌々としてそんなケチでもなさそうよ」
と知らせて下さった。

そしてとうとう樺山家でお見合ということになった。私は黒地に寿の散らされた紅大島紬を着て行ったが、先方は背広にステッキをついて下駄ばきだった。「一種の見栄であって気に入られるために来たわけではない」とその時のことを何かに書いているのもいかにも岩田らしい言い草である。私は唐獅子のどてら姿を想像していたのだからそれよりははるかにスマートだった。

何かと尋問にあった。文学について聞かれても当時三島由紀夫が有名な位知ってはいたが、「知らぬ存ぜず」で通してしまった。それが文学女はいやだと思っていた岩田にとって合格点の一つになったようだ。

岩田は樺山さんの追悼録にお爺様の良さを余すことなく書いているが、その中のお見合に関して次のようなことを書いている。

「私は、今の妻と縁談が起きた時に、樺山家で見合いをして、老人も、その席に立ち合った。老人は、私と雑談ばかりして、見合同士の話をさせなかったから、不粋だと、列席者の評であったが、ナニ、老人は私にシャベらせ、妻に私を充分に観察させる機会を、与えたのである。私よりも、妻の方が樺山家と昵懇であり、老人は妻の味方であり、そっち側の人だった。結婚直前、私の不在中に、訪ねてこられた時のことを、後で女中から聞いた。

その頃、私の家に、ちょっと渋皮の剝けた女中がいたが、とてもコワイ眼つきで、ジロジロ睨められて、彼女は震え上ったということだった。その話を聞いて、私は非常に可笑しく、ご老人、それだけは鑑定ちがいですよと愉快になった」

縁談というと、とかく仲人口で無責任にまとめてしまうのが多い中で、樺山さんがここまで心配し、気を遣って下さったことを心から感謝し、私は幸福者だったと思う。結婚がきまりせっかく入社したばかりだったが、新しい会社に断りに行った。理由は結婚とはいえず、大磯からの通勤に駅から不便だからと言ったところ、近々会社が丸の内に引越すからそれまで続けてくれるよう親切に言って下さったがお断りした。

平塚の職業安定所にも断りに行った。まだ期限内だから断る必要はないといわれたが、これも永久就職が決ったからともいえず、辞退した。それから日ならずして、私達の結婚について、新聞の神奈川版に大きく報道されてしまった。新聞社から人がみえた時、逃げて会わなかったので、どこから捜したのか、振袖姿の若い時の写真の上半部を岩田と並べて出され、「老らくの花開く」と大きな見出しがついていた。その少し以前に、川田順先生が、若い歌人と結婚され、〝老らくの恋〟と世間でさわがれた後だったので、こういう見出しをつけたのだろうが、職業安定所の人はどんなに驚いたことだろうと思う。

樺山さんのお宅でのお見合の後、岩田の家のすぐ近くに住んでいらした坂西志保先生のお家へ招かれて二人で話す機会を与えて下さった。そういうことに不馴れな坂西先生は、どの位たったら間にお茶を出すべきかと色々気遣われたのが、新聞社関係の人達の笑話となった。

いくら老らくの結婚とはいえ御仲人が必要とあって、同じ大磯住の沢田廉三様御夫妻にお願することになった。その日、坂西先生と岩田と三人で上京して、姉の嫁ぎ先の和田の家に、吉川の兄重国も来て相談をした。そしてその帰り、大磯駅前の沢田さんへ伺ってお願いした。

岩田とは『やっさもっさ』の取材でお知合である。

私は里の兄姉などの関係で前から御挨拶していたが、この日は何とも恥かしくてお通し下さった二間続きの次の間の隅の椅子に一人離れて腰掛けていた。沢田さんも何でこの三人が揃って来たのか、不思議に思われたろうが、お仲人のことをお願いすると、岩田と坂西さんが結婚するのだと早合点なさって、大笑いとなった。

幸い、御承諾下さった。私と岩田はこれで三度目に会ったので、今の人のように、おデートなどというものは皆無だった。そしてその夜も岩田はさすがに家まで送らねばと思ったらしいが、私が駅前に、自家用車（自転車）を置いてあると聞き、ホッとしたと後でいっていた。

これで全て決ったようなものの、話合の時に私が、大きなおねだりはしないが、たまには旅行とか、お寿司屋ぐらい連れて行ってほしいと言ったので、この日、大磯へ帰る前に新橋のお寿司屋へ寄った。ところがその時食べた物に岩田だけあたって、赤痢みたいな病気になってしまった。そんなことでますます会う機会もなかった。

ちょうどその頃『自由学校』の映画の撮影があった。場所もなんと長者林の我家のすぐ近くだった。

朝日新聞に連載され、有名になったこの小説は私も読んだので、撮影を見たかった。しかし、その頃の私はそういう世界を全然知らないので、隣家の女中さんが見に行こうというのに、もし作者が見に来ていたらと思うと、とても行く気になれず、裏の座敷の濡縁に立って、背伸びして様子を見ていた。

そして間もなく、その映画が上映されることになった。その間に私の縁談も本決りになっていたので試写会に招かれた。恥かしがりやの本人は同行してくれず、坂西志保先生がお連れ下さった。その一場面に、夫婦の蒲団が敷かれてあるところが映されたが、何分『自由学校』の五百助が大男なので、大きな蒲団の脇に並の蒲団が並べてあったが、後日私が嫁いだ時、私は昔と違って、自分一人分の夜具を持参したところ、中川先生がおっしゃったボロボロの蒲団でなく、嫁入り前の娘、巴絵の計らいで立派な夜具が作られてあって、それが相撲取り用の大巾の布でつくられた大振りの物だったので、ちょうど映画の場面と同じだった。

昭和二十六年、十八歳歳上の獅子文六に三十九歳で嫁ぐことになった。

五月二十七日の結婚の日を迎えた。

式場は大磯駅前の沢田さんの地続きの山の上にあった銀山荘という和風の割烹旅館だった。

岩田も紋服、私も再婚者らしく手持の裾模様ですませたが、お気の毒に沢田さんの奥様は召しつけない紋付で、三三九度の盃ごとのせわをして下さった。初夏の暑い日で、見当らなかったからといって御祝儀物として御主人様の男物の扇子を帯の間にさしていらした。決して抜いてはいけないといわれていらしたのに、暑さの余り抜き出してパタパタと煽がれ、御主人様がすっかり気をもまれてしまった。

離れでの式が終って、母屋（おもや）で一応披露宴らしい会食をした。身内の者の外は樺山のおじい様、坂西先生、徳川夢声氏夫妻だけだった。

古びた日本間の欄間に〝此一戦〟という字のかかれた額が掛けてあった。

「そういえば、今日は、海軍記念日ですね」

といった人があったが、敗戦後、海軍記念日を意識することも少なくなっていた。

「ははア、この一戦ですか」

と意味ありげに徳川夢声氏がいわれたので一座は笑い出してしまった。

口の達者な方揃いで、お互いにからかったり、しごく和やかな食事で、フランスの田舎の庶民の結婚式のようだったと、岩田は悦んでいた。

式後私達は、箱根の「松の茶屋」へ行くことにしていた。銀山荘と駅は斜向いなので、皆さんに送られ門を出ると、大磯のテニスクラブの友人が大勢でお祝とは名目で、見物に並んでいたので、すっかりあわてた二人は、義兄の乗って来た自動車にとび乗ってしまった。実は前日私はテニスクラブに行き、どうしようかまだ迷っているといったので、樺山のおじい様が行ってみていやだったらお尻ヒッパタいて出てこいといわれた。

「松の茶屋」は、学習院で同級の三井姿子(みついしなこ)さんが戦後始められ、元別荘に使っていらした日本館の一部藁屋根の趣きのある家だった。まだ始められたばかりで、御道具も今まで使っていらした上等の品で、朝の洋食のセットといい、夕べの和食器といい、すばらしいものだった。御主人は茶人でいらしたし、姿子さんもそれに習い細かく気のつく方で、御主人亡き後今も、超一流の旅館を経営しておられる。

通されたのは、茶室として建てられたところで、縁側はなく、深い廂(ひさし)のすぐ近くを、細い流れが、静かな音をたてて流れていた。日の長い季節のことで、真向いの山の黒い影が、ほのかに残った夕映の中に、次第に溶けこんで行った。一時ひどい夕立が来て、また静かな夜となった。「雨降って地固まる」という諺が思われ、うれしかった。

その時は二泊したが、麗かな日和で、近所や広いお庭を散歩しながら、何の物怖じもせず、身の上話などしたようだった。私にもやっと春が来たような花やいだ心地で過してしまった。

樺山さんからはじめにお話を伺った時、兄の重国が来ていた。早く父を亡くした私の親代りとして、可愛がってくれた兄なので、松方との縁談の時は、

「お前はわがままだから、ちょっとしたことで、帰るといっても、受入れない」

といったこともあるのに、今度は、

「文士の生活は全然わからないから無理だと思ったら、帰って来てもいいよ」

とさえ言ってくれた。

関西と大磯、未知の所より、馴染みの土地の方が安心出来るが、どちらも今まで、付合った人でなく、愛情など湧くはずもなかった。一人で生きて行く道として、職業に就くみたいな考えさえあった。再婚について、私は神の定め給うた道に従って、今まで尽しきれなかった人生の勤めを果すべく、選ぶのだと、勝手な解釈をつけて、再

婚に踏切った。

愛情も持たず、就職みたいにして入った生活も、箱根の一夜を境にして、生きる喜びに酔いしれてしまった。ただただ嬉しく、そわそわと暮す私に、岩田は、「今に反動が来る」と言ったが、その言葉の意味もよく解らなかった。

「お前はずいぶんコケティシュだね」

といわれたこともある。

もう寝付いたと思ったのに、私のふとした咳を気にして、

「寒くないか」

と蒲団の衿を引張ってくれた時、今までの独り寝には、思いもよらぬ喜びに溢れたことだった。

私のような、ヌケサクな女は初めてなのか、岩田は私のすることなすこと、ゲラゲラと笑う。ちっともおかしくないことが、なぜおかしいのか、私は不思議でならなかった。前からいたお手伝は、

「この家へはじめて来た時、親子喧嘩をしているのかと思うように、食事の時でも、だまって食べていらしたのですよ、奥様がいらして賑やかなこと」

と言った。

岩田の帰りを、玄関に迎えに行くのに、廊下を小走りにバタバタと駈け出すのが、お隣まで聞こえるとみえ、

「よせやい、あの家は古いんだから、根太(ねだ)が抜けるぞ」

と若い息子さんが言われたそうである。夜、門前に浅黄の着物で迎えに立っていた時、幽霊かと思ったとも言われた。こうして、旧婚も新婚並の明暮れで、人生の残りの勤めだなどと、大袈裟に考えたのは少しおかしかった。

岩田は『父の乳』に私に対する第一印象として、（あ、これは大変な、お人好しだ）と書いている。

要約すると、始めの応接間での対談でも、坂西家の二回目の見合の時も一向、態度が変らなかった。女史が保証するような、賢明さは、首肯されなかったが、邪悪な意思や、ヒネくれた感情の持主でないことは、会う度に、明らかになった、と書いている。私は限られた世界しか知らず、会社勤めをしたことによって、少しは社会がわかったようなものの、文筆家とか、ジャーナリストの人達が、どんなにかけ離れた大人であるか知らなかった。

箱根から帰って、大磯の家に落着いて、娘の巴絵から総てを学ぶという調子だった。彼女も、日ならずして結婚するので、東京へ度々出て、忙しかった。

私の荷物は、長者林からリヤカーで、爺やが運んでくれた。これが適当な荷送りかもしれなかった。関西行きだったら、たいへんなことだったろう。荷物も、余計な物は持って来るなといわれ、古道具屋を呼んで、二束三文で売り払ってしまった。値段はともかく、台所にあった八角形のボンボン時計が懐しく、また文士の家で音をたてはと、義母の形見の三味線も、出してしまった。一番心残りなのは、母が京都の丸平に誂えさせた雛人形の段飾りで、関東とは趣の違った、御所風とでもいうのか、御道具は塗物でなく、明りも、お膳も、胡粉の菊の花が木地に置上にされていて、茶碗も陶器で、鳳凰など藍手の染付けであった。

いとうやがしてくれればこそ、たくさんの段を作り、飾りつけたが、私は少々持て余していたし、岩田は内裏様だけならいいというが、あとを捨てるわけにもゆかず、全部揃えたまま、ある方のお世話で、田園調布の方のお家へお譲りしてしまった。今どうなっているか、消息を知りたいが、お名前さえ忘れ、尋ねる術もない。

新しい暮し

私の嫁いだ頃、岩田は、娘の巴絵とお手伝二人の四人暮しだった。

最初の奥さんは、フランス人で、食事中喋るのは、フランス人にとって、付き物のように思っているので、喋らないと、おこられた、と岩田は言っている。次の奥さんは、名前（シヅ子）通り物静かな、従順な人だったし、その中に育った巴絵も、若い娘らしからぬ、地味な人なので、そこへ入った私の、くだらぬお喋りを、岩田もはじめは面白そうに聞いて、笑っていたが、そうそう続くものではなかった。

机に向うのは、午前中だけだったが、その間に物音一つたててはいけなかった。義兄、松方三郎氏が、

「幸子さんが嫁(い)ったら、獅子文六も書けなくなるぞ」

といったのを聞き、岩田は喜んで笑ったことがあったが、文士の妻におよそ不向きな私が、隣室で、オセンベイをポリポリ食べて叱られ、戦時中からのお砂糖が壺の中で硬くなったのを、その時はせいぜい気を付けたつもりだったが、ガリガリいわせたと叱られてしまった。夜は九時に寝るので、その後は、歌舞音曲停止、というありさまで、箪笥を開けるにも(桐の箪笥の引手は泥棒よけに音がする)そおっと開けなければならなかった。

大磯の家は、伊藤博文公に関係ある文書に出て来る滄浪閣と、東海道を隔てて相対している「池の端」の広大な屋敷の一部を切り離して、移築した物だと聞いている。何分古い木造の家で、広い座敷の並んだ南側も、北側も巾広の板敷の縁側で、その他も雑巾がけの所も多く、雨戸を戸袋に入れるのも、ガタピシと入れにくく、始め下手に入れてしまうと、全部入れ換えねば納まらない。

岩田の家の朝起きる時刻は、夏は五時半、冬は六時だったが、私のいった年は、まだサマータイムのある頃で、五時半というのは、四時半に当る。夏も終り頃は、夜明けも遅く、雨戸を繰れば、星が輝いていた。

当り前と言われそうだが、先ず起きれば、外の七厘で炭火をおこし、その間に茶の間の長火鉢の灰を篩い、掃除して、おこった炭をつぐ。

朝は、パン食だったが、御飯は外にある竈に薪をくべて炊き、煮物は七厘で、炭を使った。夕食事など、カッカとおこった所で、玄関のベルがなれば、もうオジャン。（オジャンとは学校時代終業のベルをオジャンといい、よく終りの意味に使った）

お客様も多かった。お風呂は、五右衛門風呂を薪で炊き、洗濯は手洗い、洗濯機も、電気釜も、瓦斯もその頃はまだなかった。

田舎のことで庭もかなり広く、芝刈り、草むしりも手がかかった。

四十歳になろうとしていたところだから、それこそ働き盛りというべきなのに、嬢ちゃんばあちゃん、で来てしまった私は、ただ一生懸命うごきまわっているだけだった。

二人いたお手伝も、私が来れば一人帰すことに決っていたが、もう一人も帰してしまった。

というのは、家全体を一人でやってみなければ、身につけることは出来ないと、岩田に申し渡されたからだった。あの頃の私は、素直だったから、「ああ、そういうものか」と思って不満も持たなかった。しかし、何事ものろい私が、どうしてやってきたか不思議にさえ思う。

娘時代、お料理の稽古もしたが、実質的に役立たせたことがなかった。一生再婚しないと思っていた私が、急に結婚が決り、あわてて、とうやに日常の食事を習った。長者林の家も竈だったから俗にいうはじめトロトロ、中パッパと炊き出し、ふき上って釜の外側へふきこぼれたのが、ペラペラとはがれて来たら薪を引くのですよと教わった。

ある日茄子を煮る時、灰汁（あく）を抜くのに、一度煮こぼすと聞いたので、その通りしたらお湯が真青になってしまった。幸い、岩田が入浴中だったので、そっととうやに電話して聞いた。

お風呂から出てきた岩田は何かおかしそうにして「染物のことでも聞いているのかと思ったら茄子かあ」と笑った。その後、お手伝をおくようになってから、野菜の煮物など、私より馴れているからと思ってまかせると、食卓で、

「これはお前が煮たのではない」

とすぐ見破られる。心が籠っていないからわかるといった。焼物の下手な私は、同

じお魚を三日続けて焼かされ、三日目はお膳ごと庭に放り出されてしまった。

その頃魚屋は、盤台を担いでやって来た。岩田が直々に見て一尾買いをした。食物のやかましい人だったが、自分で決めてくれるのでたすかった。もっとも死ぬ少し前は決めたものを、やれ煮てくれ、やっぱりバタ焼がいい、など、何回か変ることがあったが、その頃はもう長くないことがわかっていたから、いわれるままにかえて作った。

この辺で取れるヤガラは細長くて、きらいな蛇をおもわせ気持悪く、顔をそむけてぶつ切りにして、ちり鍋にした。岩田はどじょうが好きなので、平塚についでがあると、まるのまま買って来た。はじめ、扱い方を知らぬ私に、お酒を少しかけるといいと教えてくれた。その通りにしたところ、パチパチパチと跳上って、皆入れ物からとび出してしまった。やっと拾い集めた時には、その辺の棚や台の下で綿埃にまみれ、天ぷらの衣をつけたようになって出て来た。掃除の行届かぬことまで暴露してしまった。やっと洗って、平たい鍋に入れ、煮立ったようなので、そっとのぞいて見ると、どじょうがごろんと向きを変えた。何でもびっくりする私は、

「あらどじょうが寝返り打ったわよ」

と叫んだので、さっきからの騒ぎで台所へ来ていた岩田が、笑い出した。

寝坊をすれば、「起きろー」と二階からどなられ、あわてふためきつつ、手抜きすることなく勤めた自分の要領悪さを憐れみたくなる。

お手伝が長続きせず帰ったのも、私が人を使うすべを知らなさすぎたと思う。お米も当時一人一日二合五勺だったかのきまりで、闇米を買うのもむつかしく、お芋でも何でもまぜればよいものを、やりくりが下手で、巴絵の方がましだといわれた。けれど帰って行ったお手伝さんが、

「奥様が先生と私達の間で苦労していらっしゃるのがよくわかっていました」

といってくれた。

結婚前は毎日東京へ通っていた私も、東京の街を歩くことはほとんどなかった。色々心の中に積って、時には倉の裏へ行って忍び泣きをしたこともあった。岩田はちゃんと知っていて、

「胡の国へでも来たようですか」

とわざと丁寧な言葉で言った。

結婚した年の秋のある日、池の見える巾広の縁側に座蒲団をおき、さしむかいで茹

栗を食べようとした時があった。岩田は、

「先の奥さんならむいてくれたのに」

といった。私はすかさず、

「勝彦さんならむいて下さったのにネー」

と言った。父のことを書いた所に、昔の大名の家の子は何でも人にしてもらうので不器用だというのがあるが、その血が流れているのだろうか、バナナやみかんはさっさと食べるが刃物を使ってむくものはどうもにがてで、たべないので、勝彦は果物は体にいいからといって私のもむいてくれた。結婚半年、まだ岩田のこわさがわからなかった私だったようだ。


作家というものは、徹夜で仕事をするものと思っていた。よいっぱりの私は、その点自信を持って来てみたら、岩田は早起きで八時には机に向う人だった。新聞小説は四百字詰の原稿用紙三枚が一日分だが、午前中三枚しか書かない人だった。しかし日曜も祭日もなく、ただゴルフや旅行の時は、少し前から書きためておいたようだ。ともかく〆切に間に合わないということは決してなかった。むしろ早目に出来ているので、担当の記者さんは気をもまなくてすんだと思う。

しかし、仕事は仕事とけじめをはっきりつける人で、ある人など、原因はよくわからないが、たいへんに厳しくしかられ、とうとう泣き出されてしまった。私はそばにいてどうとりなすことも出来ず、気の毒でいたたまれなかった。その方がもうそろそろ社に帰られた頃と思って、用事にかこつけ外に出て、慰めるつもりで公衆電話をかけたところ、まだ帰っておられず、ややあって、

「先程奥様から電話があったそうですが」

と電話がかかり、藪蛇になって困ってしまったことがあった。

散歩しながらとか、庭のテラスを行きつもどりつしながら、(動物園の檻の中の動物のようにして)考える人で、いざ机に向えば、一枚の書損じもしなかった。ある時屑籠の中に一枚見付けたので、とっておきたくなり、拾おうとしたら、別のをやるからといって、出来上った一つをくれたことがあった。

結婚後、岩田は度々、「上流家庭は嫌いだ。中流家庭の主婦になれ」といった。

娘時代とは違い、一応一人で生活してきた私は、貧乏も味わい、一般家庭のつもりでいたので、岩田のいう意味が解らず、坂西志保先生にも伺ってみた。

「どこに上流と中流の線があるのでしょうか」

と聞く私に、先生も返事に困り一緒に考えて下さった。先生とI先生と岩田の三人の座談会のあった帰り、岩田が、長火鉢の側に座って足袋でも繕ってるような女がいい、といったそうで、

「ああいうことをいうのだからねえ」

とI先生と二人で話したとおっしゃった。

食事といえば、お客様の折など、お給仕に専念して、残った物を後で食べればいいという考えのようだった。二人の食事にしても昼間は簡単なので、すべて出して私が箸をつける頃は、先に立って縁側の椅子へ行ってしまう。夜は晩酌をゆっくりするので、お酒を飲まぬ私が、おかずをガツガツ食べると叱られてしまった。今まではなければないですませた物も、吸口だ、薬味だと、色々用意しておかねばならず、腐らせず、黴させずとっておくことも、気を遣うことだし、庭の隅まで、手を届かせて、日がな一日家に居る主人の眼にふれずに気のすむようにしておくということは、並大抵ではない。それを遣りこなす奥さんを私は知っている。しかし私には到底真似ることは出来なかった。

私がよかれと思ってしたことを、どれだけ叱られたかしれなかった。持って生れた物指が、曲尺と、鯨尺の違いがあるのだなあと思った。

育った時代のように女中（昔はそう呼んだ）がお給仕盆を持って控えているという生活を望みはしないが、二人で寛いで食べるということをしたかった。何時も、目許、口許に気を遣い通しだった。子供が産まれてからは、たとえお手伝がいても、親の一人は家に居なければいけなかった。したがって、私の付合はほとんど出来なかった。クラス会の通知など、即座に欠席の返事を出した。松方の母や、実の長兄の葬式さえも、大磯から、トンボ返りというありさまで、

「今日こそ幸子さんに会えると思ったのに」

と後でいわれたりした。お前の親類は多すぎる。松方か吉川かどちらか一つにしろといわれた。松方の人間となりきった私だったが、血を分けた兄姉と付合わぬわけにはゆかないので、吉川だけということにした。まして身内や、友達を招くということは、岩田の仕事柄出来ないのが当然のように思っていた。

ある夜、食後の休息を、炬燵に入ってしていた時、私の義兄の和田の亡くなったこ

とについて、これでお前の側の知恵者はなくなってしまった、というようなことから始まり、聞くに耐えぬようなことを言われた。じっと我慢して聞いていたが、堪えられなくなってしまった。私は半分芝居で倒れた。

さすがに岩田も驚いて、私を寝所に運び、例の中川医師を招いた。どこの家にも出入りされる先生は、家の内状も察していらしたのだろう、耳元で、

「わかってる、わかってる」

と言われた。

診察後、岩田は別室にお通しして、何か重大な病気ではないかと聞いた。先生もおそらく返事に困られたのだろう、例の書生ッポ調で、

「ヒステリーだ」

と言われたそうだ。岩田はヒステリーの原因は虐待とか、不身持とかいわれるが、そんな覚えはなく、重ねて先生に聞くと、欲求不満からもおこるので、奥さんがダイヤモンドが欲しくてたまらないのに買ってやらねばやはり病気になる。ダイヤモンドは一例に過ぎないんだ。女の欲しいものは沢山ある……。というように説明され、人聞きのよくない病気だから、本人にもお手伝さんにも、一酸化炭素中毒と言っておく

ようと言って帰られた。

人聞きのよくない病気だから隠せとお医者様に言われながら、著書に発表したりした。その時は文士とは本当に始末に悪いものだと思った。

「それと、もう一つ、私の誤算があった。

私は三度も、結婚をしたのに拘(かか)わらず、結婚ということにも、妻という女性についても、現実放れのした、ノンキなことを考えてたのである。

結婚とは、大人である男と、大人である女との結びつきであって、両者は、どこまでも対等で、良人が一人前の人間であるように、妻も同様だと、信じていたのである。良人は自分の力で立ち、妻も自分の力で立ち、そして、両方が手を繋ぐのが、結婚というものだろうと、考えてたのである。私の最初の妻のフランス女なぞは、どこから見ても、対等の人間だった。二番目の妻だって、気は弱そうでいて、シンが強かった。

私は、妻というものは、こっちで手を貸したり、労(いたわ)ってやったりしないでも、自分で生きる力を持っているものと、考えてたのである。ところが、今度の妻は、そうではなかった。無邪気で、陽気な一面も、薄いガラスの鉢に、日光が反射してるようなものなのだろう。正体は、脆く、弱いのである。多少の欲求不満は、どんな妻にもあるだろうが、それと闘う力が彼女には、まるで欠けてたのだろう」

岩田は、私を見損ったことに、気付いたが、一人前の女というものに対する考えも、厳し過ぎたのではなかろうか。世間の女が皆、岩田の思うようだったら、どんな世界が出来るだろうか。見損なったのは、向うが悪いので、たまに私のような出来損いが混ざるのも、色を添えると言うものではあるまいか。

私がオギャアと言った頃、彼は既に、慶応の予科で、幾つかの作品を書いていた。十八年の開きも、やはり計算に入れてもらいたいものだ。

子供の頃、友達に誘われて、何か見に行く約束をした時、母に「今回は許すが、親に相談してからでなくては返事をしてはいけない」ときつく言い渡された。今の世の中には、そういう躾はもうなくなってしまったのだろうか。岩田に聞かず行動することなど思いもよらぬことだった。

岩田の亡き後も、何か出かける事は、岩田の心に反するようで、とかく引込みがちだった。

ある結婚式にぜひといわれ、久々に喪服を脱いで、裾模様を着た時、何とも晴れがましくて耐えられぬ思いがした。年月が立つにつれ、息子のためにも出た方がよいように思い、（出好きの性分が現われて来たのか）だんだん出るようになった。今でもせっかく声をかけて下さってもわからず、

「おそれ入りますが、誰方でしょう」

と聞くことがよくある。今浦島になったような気がすることがある。

お会いしたのは戦前だから、可愛いいお子さんだった方や、若者が成人され、立派な紳士、淑女になっておられるが、このお婆さんに声をかけて下さるのは、本当に嬉しい。

娘巴絵の結婚

すでに結婚が決っていた娘の巴絵が嫁いでから、私たちの結婚式をすればいいようなものの、岩田は、たとえ一週間でも、同じ屋根の下に暮し、式の時、服のボタン一つでもかけて、馴染ませたいと考えていた。式服は私の前任者、巴絵を育て、岩田の家を守って下さった岩田の二番目の妻だった方が、戦争中、物の無い時に、いずれ結婚も遠からぬ娘のために、白無垢の婚礼衣装を、調えておかれた。布地を探すのさえたいへんなあの頃、仕立は、お手のもので、自分で縫上げられ、好き日を待っておられたのに、本当にお気の毒なことだった。

巴絵は神田のカトリック教会で式を挙げた。

ウェディングドレスを望み、お知合の福島慶子夫人に見立てていただき、純白の美しい花嫁姿となった。

私も母親として列席した。オルガンの結婚行進曲に合せて、中央の通路を進んできた一列を、最前列のベンチの前に立って迎えたが、岩田が、そっと目頭を拭っているのを見て、どんなにか感慨無量かと思った。

今ならお色直しなど、華やかに着替えるが、当時は、戦後早々で、教会と、主婦之友社の一部で、簡単に食事をする程度だったので、和服には、手を通す折がなかった。まだカケダシの義母には、そこまで口をはさむことは出来なかったが、亡くなった方の並々ならぬお心の籠った品を、せめて来客の方にお見せしたかったのにと、一人残念に思った。打掛を縫う程の腕前の方だから、子育ての傍ら、人に教えて、家計を助けられた功績は大きく、岩田も、私の恩人だったと書いている。岩田の長襦袢を、細かく、丁寧に継ぎをしてある品を、私は家宝としてしまってある。

お婿さんは、伊達宗起（だてむねおき）といい、仙台の伊達藩の流れを汲むお家と聞いているが、お父様は、ある大学の教授をされ、ごく質素なお家のようだった。卒業前に外交官試験も通り、その時、試験官だった方に、日本で育った人として、フランス語が一番出来たと聞き嬉しかった。

しかし先方も学者のお家、巴絵もまた華やかな世界とはかけ離れた家庭に育った二人の、先々が案じられたが、今はアルジェリアの大使として外地に住み、三人の子供にも恵まれ、幸福な家庭を持っている。

初孫の出来たのはタイ国だったが、一歳の時帰国して、岩田に会った時、

「オジイチャンと呼んだら、この家を追出すぞ」

といわれた。その時、我家には、一歳八カ月の長男の敦夫がいて、パパと呼んでいるのに、片方がオジイチャンと呼んだのでは、敦夫が可哀そうだという思いやりからか、グランドパパを略して、オオパパと呼ばせた。世間並のおばあちゃんらしいこともしてやれなかったが、今もなお私を、オオママオオママと親しくしてくれるのは本当にうれしいことである。

結婚後、娘夫婦は、戦後岩田のいた駿河台の、主婦之友寮の一部をお借りして住ったが、娘婿の方は外務省勤めで、じきにフランスへ研修生として赴任することになった。新婚早々とはいえ、一番下っぱの身分では妻を連れて行くことも出来ず、巴絵は駿河台に残った。幸い、半年位して、呼ぶことを許され、巴絵はいそいそと立って行

った。

馴染み深いフランスとはいえ、（巴絵の生母はフランス人で、岩田と彼地で結ばれた）今のように簡単に往来出来る時ではなかった。岩田の留学した時のように波浪万里の船旅ではないにせよ、たしか飛行機も二日かかった時代だった。あちらに最愛の夫が待っているので、当人はうきうきと仕度に励んだが、岩田は日を追って心が重くなったようだった。

宿命とはいえ、男親は誰しも、娘の嫁入りの折りつらいようだが、岩田のように大部分一人で育てた親にとっては、定めし人一倍のことだったであろう。飛行機も案じられたことだろうし、空港へは私を連れず一人で送りに行き、特別にタラップの下まで入れてもらったそうだ。

その後「主婦の友」に『娘と私』という小説を連載することになり、今、私がこうして自分の過去を振返って書いていると、その折々がまざまざときのうのことのように思い出されて来るが、岩田もきっと苦しかった生活の数々が、苦々しく思い浮べられたのであろう。とかく、不機嫌の日が多くなった。

デマ太郎誕生

昭和二十七年の暮れのある日。平塚から来ていたお手伝が、実家に行って夕方帰って来るなり、もう一人のお手伝と私の顔を見ては、くすくす笑っている。

「何がおかしいの」

といくら聞いても笑っている。しまいに私も腹を立て、

「訳も言わないで失礼よ」

と、おこった。

お手伝が実家へ行ったら、

「奥様に赤ちゃんが出来たのを、お前知らないのか」

と言われたという。私はびっくりして、

「誰がそんなこと言ったの」

と、聞くと、平塚の産婦人科の看護婦さんが、言っているそうだ、という。大磯は、山と海に挟まれた小さな町で、今も市にはなっていない。病院へ行く人は、たいてい平塚まで行った。私は平塚の病院へは行ったことなく、それを聞いて本当に驚いてしまった。

その頃、岩田は家の南側の縁側の突当りに、小さい書斎を造った。それが赤ん坊の部屋だと大磯でも囁かれていたらしい。

写真家の、濱谷浩（はまやひろし）夫人朝子（あさ）さんが、

「奥様にとんだお願をして、人命に関わることを申上げ、すみませんでした」

と謝ってこられた。というのは、その少し前、私が昔馬に乗ったことがあるのを聞いたある出版社が、私が海岸で馬に乗ってる写真をと、濱谷氏に頼んだので、私に言ってこられたことがあった。長年乗りもしないし、服装も無いとおことわりしたのだが、妊娠のために断ったのだと思われ、わざわざ謝まられたのだった。

「とんでもない、赤ん坊なんか出来てませんよ」

と笑ってすんだが、駅の辺りでも、

「おめでとうございます」

と、声をかけられたりした。狭い町のことで、あちこちで、評判になっていたらしい。

その後幾何(いくばく)もなく、体の調子がおかしくなってきた。

ある日、朝子さんが、

「濱谷が奥様の着付けがおかしいから、直してあげろといいますので」

と遠慮がちにいわれた。その時、五カ月を過ぎていたので、自然腰紐もゆるく、だらしない着方をしていた。今度は本物だと白状した。朝子さんは、我事のように喜んで、何事も出来ぬ私のために、赤ん坊の蒲団作りも手伝って下さった。

岩田は、講談社と毎日新聞社の特派員として、昭和二十八年（一九五三年）六月二日に行われた英国女王エリザベス二世の戴冠式に行くことになっていた。

日本から、皇太子殿下が、参列されるので、ジャーナリズムは騒いでいた。皇太子様は、三月三十日、横浜港より、プレジデント・ウイルソン号で出航され、私の兄、吉川重国(きっかわしげくに)もお伴に加わっていた。

あの頃は、戦後そろそろ海外旅行が、はやり出した時で、戴冠式の様子を見物に、多くの人が行かれた。岩田の親しい友人、徳川夢声氏、宮田重雄画伯、佐佐木茂索文藝春秋社社長等、皆奥様同伴で、出掛けられた。私も行きたかった。

娘の伊達夫婦も、フランス大使館に駐在だったので、

「ママさんはフランスで預かるから、連れていらっしゃい」

といってくれた。

しかし、岩田は、私を連れて行く気は毛頭無く、

「皆は、遊びに行くのだからいいが、自分は仕事だからだめだ。行きたければ、いつか一人で行け」

といった。

挿画のコンビを組まれたのは、高畠達四郎画伯だったので、

「高畠だって連れて行かない」

といった。高畠夫人をよく知っている姉は、

「あの方が行かないはずないわよ」

といったが、案の定、後から追掛けて行かれた。ともかく、私は、お留守番ということになった。

その頃、ずっと様子がおかしいので、岩田にいったところ、

「そりゃ更年期だろう」

といって、私のことをコーチャンと呼んでからかった。

岩田は「お前はお酒ものむし煙草も吸うしお菓子も食べるが、その中どれか一つやめろ」といったので「じゃあお菓子を止めます」といったところ「女が何ということだ」と叱られた。その頃富士という煙草が出て大磯にないので知人にわざわざ買って来てもらったが、少しもおいしくなく吸うことが出来なかった。

岩田の出発後もどうもおかしいが、相談するところもなく、岩田が胃潰瘍でおせわになり、御信頼している田崎先生のいらっしゃる癌研に行き、増淵先生に診察していただいたところ、妊娠だということがわかって、本当にびっくりした。その時、岩田に出した手紙を引写す。

「パパご用が出来たので又かきます。その後も御元気ですか。そろそろロンドンかと思います。用というのは、お立後も気分悪く、堪えきれず、増淵先生の所へ行きました。ところがやっぱり出来たのだそうです。先生もこれは奇蹟だ奇蹟だとニコニコしていらっしゃいました。ただ私の体でもつかどうかということです。帝王切開の話も出ました。パパ、この手紙をみてどんな気がなさるでしょうか。お年召してから又々重荷をお背負せするのをすまないとは思いますが、どうか喜んで下さいませ。女の身にとって母となる喜というよりも、愛する者の種を宿したという喜の気持は、男の人にはとうてい想像することの出来ないものだろうと思います。その晩はすぐパパにお話出来ないもどかしさと、大きな嬉しさと、心配で、ほとんど一晩ねられないくらいでした。コーチャン等言った方は誰れでしょう、おあやまり遊ばせ。先生から色々御注意を受け、乗物は禁じられました。何かおこった時少し厄介になるらしく、つや子（十五歳の手伝）と二人田舎住で心細いことですが、先生は電話をかけたらすぐ行ってあげるといって下さいました。（中略）

つわりとはいやなもので、さすがパパの子だけに今から駄々っ子なのかと思います。巴絵さんの時も、今度も、二度共自分の子の出来たことを海外でお知りになる

とは不思議な運命だと思いました。（中略）
くれぐれも御体御大切に。生れ来るもののためにも、大事なパパだということをお忘れなく。（後略）」

右の手紙の返事がまもなく届いた。

「明日は戴冠式という今日、パリから廻送してきた重大な手紙読みました。増淵さんがさういう以上コーチャンではないでせう、しかし小生としては実に意外で夢を見る心地です。すべてのことは小生帰朝して増淵さんと相談してきめますが、それまでは養生第一にして下さい。（中略）
幸子も四十を過ぎての懐妊なれば万事その積りで悲観も楽観も禁物、たとえ流れるやうなことがあっても決して悲観の必要なし、一度できる可能性があればお次ぎを製造する希望あり。何事も運を天に任しなさい」

と書いてよこした。万一の場合、私が責任を感じたり、悲観しないよう心遣いが現われている。

後年『父の乳』に書かれたのは次のようなものだった。式の前についた私の手紙を読んだ時の事である。

「……ソファに寝転びながら、読み出したのであるが、私は、アッと驚いて、起き上った。

（何ということだ、何ということだ……）

妻は妊娠のことを、知らせてきたのである。

更年期障害と思った妻は、かねて診察を受けたことのある、ガン研婦人科部長のM博士のところへ、その手紙を書く前日に、出かけたら、確実に、妊娠四カ月と、いわれたそうなのである。

（何ということだ、何ということだ……）

私は、明るい窓際へ行って、もう一度、その手紙を読んだ。

（還暦のおれが、子供をつくるなんて……）

感動というのか打撃というのか、自分でもわからなかった。私の人生を、一変させるような、何かの波であって、喜びと不安とが、泡立って、私を襲った。

もう、英女王戴冠式なぞは、どうでもよかった。私の上に降ってきた、この大事件を、大声を出して、窓から叫びたいほどだった」


六月二十四日、大雨の早朝、羽田に無事着地、帰朝した。今とちがって連絡も思うようにならず、何時に帰るかもわからず、古い家のことで雨漏りで一晩中その始末と共に安着を念じて明けるのを待った。


出版社の方に送っていただき家へ着いた頃は、明るくなり、雨も小ぶりとなった。時差ボケもあったろうが、仕事のあと始末など、忙しいなかを、早速癌研に行って、田崎先生、増淵先生に御相談してきた。自分の胃潰瘍の時結果がよかったので、ぜひここでとお願したそうだが、

「それは困る、ここは、同じハレモノでも、病理的なやつでない限り、入院扱いはしないことになってる」

と、田崎先生は冗談めかしておっしゃったそうだ。どこか紹介していただくことになり、駿河台の浜田病院を推薦して下さった。

七月一日、岩田の誕生日なので、近い親類を招いて、還暦祝いをした。岩田の贔屓の天政の夫婦が来て、天ぷらを揚げてくれ、大磯の鰺寿司を頼み、おもてなしをして、皆さん夜の汽車で帰られた。

後片付けを台所でしている時、お手伝が、床の揚板を開けたのを知らず、私は後退りして落ちてしまい、九谷の大皿を割ってしまった。岩田はお皿よりも、お腹の子を案じて、大変な怒りようで、片付けはそのままにして、すぐ寝ろと怒鳴った。岩田は夜中心配したらしいが、幸い流産騒ぎもおこらず無事すんだ。岩田は病気には人一倍心配性だった。

夏も終りの頃だったが、何が原因だったか岩田と喧嘩をしてしまった。思い余って、別れたいといった。しかし岩田は、別れてもいいが、お前の兄さんが帰ってからにしろといった。兄の吉川重国は皇太子殿下のお伴で、まだ海外を旅行中だった。

当時、鎌倉で事件が起った。それはある老年の主人が、暴君で、後妻の連子（中学生）がみかねて、友人を誘い、母の新しい夫を殺してしまったと報道されたことがあった。私は岩田が時として余りに勝手なことをいうので子供の小さい時はいいけれど、十五、六になった時、きっと意見の合おうはずがない、この新聞の記事のようなことがおこってはならない、子供がこの世に出る前に、私と共に消える方が幸福なのだと、真剣に考えてしまうようになった。

二百十日頃だったろうか、ひどい嵐となって、山に近い家でも波の音がすさまじく、雨戸は怖しい音を立てていた。私は「今夜だ」「今日でなければダメだ」と自分にいいきかせた。毎夏大磯の海で過し、冬もプールに通った私は、ただの海ではおいそれと死ねそうもない。今夜なら、一たまりもなく、海は淩(さら)って行ってくれるだろう。暗い廊下を、足音を忍ばせて、ゆきつもどりつしたが、意気地ない私は、遂に吹すさぶ嵐の中へ出て行くことが出来なかった。

海辺の、うららかな秋日和の続くうちに、私の離婚騒ぎもおさまり、お腹も次第に大きくなっていった。

十二月二十五日が、出産予定日だったが、東京の産院に、大磯から駈け込むことも出来ないので、十二月に入ると、渋谷にある私の里、吉川(きつかわ)の家に移った。岩田は、前からいる若いお手伝の他、もう一人少し年配の人をたのんで暮したが、一人になって静かで、執筆が捗るといいながら、とんでもない物を食べさせられた、というので、大磯のことが気にかかり、早く産んで帰りたかった。今考えると、無謀ではなかったかと思うほど、毎日毎日よく歩いた。松濤の家から、百軒店を抜け、渋谷駅の近くまで行って、大向（今の東横本店）のあたりを戻ったり、駅のビルにある東横の階段を、大きなお腹をかかえてあがってみたりした。

その頃は、自動車をすぐたのむことが出来なかったので、駿河台の病院の近くにある、YWCA内のホテルをおたのみしておいた。昔私の通った駿河台女学院のあった所で、その頃からホテルの可愛いい部屋が気に入っていたので、願ったが、戦後まだ再開されておらず、十二日にまだペンキの匂う小さい部屋にやっと入ることが出来た。

嫂が渋谷から送ってくれたが、お昼時だったので、岩田の贔屓にしていた水道橋の天政に、天丼を食べに行った。そこへ行くのも、往復共歩いてしまった。嫂の帰った後、どうも喉が渇くので、蜜柑でも買いに下へ行こうかと思った時、急に様子がおかしくなってきた。

病院へ電話をかけると、ともかく、すぐいらっしゃい、といわれた。夕食は食べてゆくのですか、と聞くと、そうしてくれ、といわれた。

学生時代得意にしていたYWCA内の、カフェテリアに行ったが、時間も半端だし、皿うどんしかなかった。仕方がないので、うどんだけのった一皿を食べ、病院に行くと、下足番が、「お見舞ですか」と聞いた。訳を話して入院の手続きをすませたが、たのんでおいた付添婦も今日は間に合わないという。

院長先生はお留守で、副院長先生がみて下さったが、早期破水が始まっていて、自分の感じでは、大げさだが、マンホールからゴボゴボ水が溢れているような心地がした。

お産の時は、力をつけるために、たくさん食べておくといいと聞いていたが、病院の売店はすでに閉っていて、買いに行ってもらう人もなく、たとえ誰かいても、今のあの辺とは違って、買う食物もなかったと思う。

夜おそく、院長先生が帰られ、早速見て下さったが、

「これは、明日ですね」

といわれた。その日は十二日、明日は十三日と思うと、縁起担ぎの私は、いやな気がして、

「今日は駄目でしょうか」

と、伺った。すると、

「それじゃあ、引張り出してやろうか」

とおっしゃった。

ここの院長先生は、評判の名医だが、雷親父の異名もあった。今まで診察に来た時も、看護婦さん達が、叱られ通しで、いつもハラハラしていたので、とても恐ろしくなって、

「いいえ、結構です、結構です」

と、あわてていった。

生れた日によって運命がかわるという占いもあるが、はたして、どちらがよかっただろうか。

宿直の先生も、度々様子を見に来て下さったが、いっこう産気づかなかった。

私は、四十二歳になっていた。初産で経験もなく、見知らぬ病院で、頼る人が誰も側にいないのは心細かった。

その夜岩田は、ある出版社の座談会で東京にいたが、まだ産れることもないと思い、

電話もかけてくれなかった。大磯に帰り、留守中に電話のあったのを知り、だいぶ心配したようだ。いつも、家庭医のように御相談する主婦之友の社長さん（元九大のお医者様）に電話で様子を聞き、まだ明日あたりと伺った後のことが書いてある『父の乳』の一節を写す。

「しかし、私は、急に不安を感じて、電話口から茶の間へ、帰ってくると、電灯の円い笠の周りを、一疋の大きな蛾が、バタバタと、厚い羽根の音をさせて、飛び廻ってた。

（何だ、冬だというのに……）

大磯は、昆虫の多いところだが、十二月になって、蛾の姿を、見ることはなかった。そして、灯を目がけて、狂い廻る姿を見てると、そのふくらんだ下腹部が、連想を起した。

（これァ、妻は死ぬぞ、きっと、そして、子供も……）

そのうちに、蛾は、バッタリと、畳の上へ落ちて、動かなくなった」

いつも、病気を悪い方、悪い方と取る岩田は、もうだめだと思ったらしい。

翌朝は、八時の列車で上京して、東京駅から御茶の水駅へと、人をかきわけて急ぎ足で来てくれた。

この日は、雲一つない晴天で、南向きの病室の窓から、穏かな冬の日光が射し込んでいた。私は、この駿河台で生れ（自宅だがおせわになったのは浜田病院の先生だった）最初の主人を亡くしたのもここ駿河台の病院だった。忘れてしまったがこの日もおそらくニコライ堂の鐘を聞いたことだろう。よくよく縁の深い土地である。

お昼頃、私は産室に運ばれて、無事男の子を産むことが出来た。この日は日曜だったが、高齢初産婦のために、院長先生をはじめ、大勢詰めて下さった。

ストレッチャーで運ばれて出て来た私の側に岩田は立って、

「デカシタ！　デカシタ！」

といった。後日私は、

「随分古風なことおっしゃったのねえ」

といったところ、

「そんなこと言ったかなあ」

と驚いたようにいったが、とっさに出た本音というところだろう。

いろいろな方が、お祝に来て下さった。

岩田もご苦労さんに、大磯から毎日のようにやって来て、ほとんど寝てばかりいる赤ん坊を眺めていた。

その頃岩田は、フランスで見て来た芝居、『あかんぼ頌』を文学座で演出していたので、それへ廻るために、丹阿弥谷津子さんが迎えに来て下さったが、その時は何と可愛いいお嬢ちゃんかと思って見たが、今は貫禄充分になられた。

天政も、おいしい物を度々届けてくれた。敦夫が今、若者のくせに食物にやかましいのは、三つ子の魂とやら、この時のオッパイのせいかもしれない。生れる前日、天丼を食べに行った時、

「あした鮑を届けます、鮑を食べると目の大きい子が生れるから」

と言ったが、間に合わなかった。それを聞いた姪は、

「ああよかった、おばちゃまが食べていたら、目だらけの子が生れたろう」

といった。私は子供の時から目が大きく、出目金といわれたりしていた。

ある夕方、お客様も絶え、薄暗い電燈の下でぼんやりしていた時だった。ドアが開

いて急にパッと明るくなった感じがした。その時、高松宮妃殿下が、同級生一人おつれになって、どこかのお帰りに、お立寄り下さったのだった。あの華やかな妃殿下の御入来で、急に部屋が輝いたようだった。その後ずっと後だが、自動車で遠くへいらっしゃる途中、大磯の家へもいらしたことがあった。その時敦夫を抱いて下さり、写真をとらせていただいたが、「この子、写真ずれしてるわね」とおっしゃった。老作家の赤ん坊として珍しがられ、よく写真をとられたので、はにかむことがなかった。当時は御警衛も、今よりゆるやかだったのだろうか。新しい御殿がお出来になった時、クラス会の幹事で、御用があって、御殿に伺った時も、敦夫が運転して行ったので、お部屋の内も見せて下さった。

今でも、どこかでお目にかかると、

「敦夫ちゃんどうしてる」

とお声をかけていただき、明治生れの私は光栄に思っている。

松方の母上も、お祝いに子供用の銀のスプーンとフォークを持って、来て下さった。松方家でさぞ待たれたであろう子供を産まず、今こうして産れて、何かすまないような心地と共に、〝石女(うまずめ)〟でなかった証が出来たような気がした。

まもなく、お七夜がやってきた。

病院からの指図で、岩田は白い大きい紙に〝敦夫〟と書いて持って来て壁に張った。既にロンドンで、一人で命名してきた名前で、私に異存のあるはずもなかった。見る人もすぐそれとわかってくれた。

こうして決っていたようなものの、「デマ太郎にすればよかった」と岩田は笑った。字引でデマを見ると、（デマゴギーの略、事実と反する扇動的な宣伝）となっている。あれだけ、平塚、大磯と評判になりさわがせたのだから、この名が相応しかったかもしれない。

長女巴絵は、巴里で身籠り、日本で生れたので、巴里のイメージというつもりでつけた名前と聞く。敦夫は倫敦、さて、もしこの後生れたら、世界の三大都市の一つ、紐育から取らねばならない。「どうするの」ときいたところ、岩田は、

「紐三がいい」

といった。紐三は遂に生れなかったが、岩田の没後、はじめて敦夫がヨーロッパに行った時、私の土産に大きなライオンの縫いぐるみを買ってきてくれた。今は見るかげもないが、始めは本当にすばらしい縫いぐるみでそれに紐三と名付け、以来私の側

から離すことはない。

お七夜の日は、病院で、里の嫂の心づくしで祝った。今は亡き嫂が、水色地に、紋を自分で刺繡して、初衣を作ってくれた。それを赤ん坊を抱いた岩田にかけ、写した写真があるが、敦夫は大きな岩田にくらべ、豆粒のように小さく、岩田は顔中の紐が解けたようだと人が笑う。

暮れも迫り、気ももめるので、退院の許しを得て早々に大磯に帰った。当時、首相の吉田さんが大磯に住われ、そのため、ワンマン道路と呼ばれる道があったが、私達が帰る時、ちょうどその行列が通り、報道陣の車の後に続いて、ノンストップ状態で大磯に帰り着いた。

私の部屋には、ベビーベッドや子供簞笥がおかれ、瀬戸の大火鉢に薬缶がかかって暖められ、すべて岩田の計らいで調えられていた。

そしてすぐにお正月。

戦前なら敦夫も二歳というところだ。

おせちも間に合せではあったが、食卓の上には、紅白の水引の先を螺旋に巻いた飾り結びの箸袋に〝敦夫〟という名前も書かれ、一応家族の一員の待遇を受けることにした。まだ生れて半月、無理だというのに、岩田は〝おとそ〟を舐めさせたり、煮蕩けたお雑煮のお餅を、箸の先へつけて食べさせようとした。

「ダメヨ、ダメヨ」

私の声がどれだけとんだかしれない。

それまではプロパンガスもなかったが、夜中お乳を作るのに不便だからと、初めておいたが、その必要もなく、私のお乳がどんどん出た。敦夫と前後して近くのお知合で、赤ちゃんが次々に生れた。いずれも若いお母様なのに、皆お乳が足りず、一番年寄りの私ばかり、飲みきれず張って苦しんだ。母乳が見直された時代で、発育もよく、病気知らずで順調に育った。

生後百カ日目にするお食初めは、ちょうどお彼岸中だったので、少し延ばして四月十一日に儀式のまねごとをした。桜も満開を過ぎたが、春らしい好い日だった。赤飯に鯛の尾頭付き、白味噌のお汁、それに海岸から拾って来た形のよい小石に水引をかけ、歯が丈夫になるように、お膳に並べ、形ばかり食べるまねをさせた。

しかし敦夫はお乳ばかり飲んだ。離乳ということは、心掛けねばならない大切なことだということを知らなかった。

獅子文六、長男敦夫とともに

ゴムの乳首をいやがり、哺乳瓶からは、ミルクも、ジュースも一切飲もうとしなかった。

なんとかお乳をやめさせようとして、わざわざアメリカン・ファーマシーで買って来た薬を乳首に塗ると、知らずに口をもってゆくが、急いで放して、いとも情無い顔をして私を見上げる。そうされると意気地なしのママは、早速洗ってきてしまう。これでは放せるわけがない。

私が食事をさせれば、お乳ばかりねらうので遂に朝食はパパの膝の上で、コップから飲ますことにしたが、少し食べてもすぐいやになりコップを手で払いのけ、岩田がミルクだらけになることもあった。午前中だけ仕事をする岩田にとって、原稿何枚分も書いたほど疲れるといった。せっかく優良児の見本みたいな児がだんだんしなびてきた。

しかし生後間もなくから日光浴を始めたのはよかった。庭のデッキチェアーの上でまっぱだかの写真がある。お腹の上に子供の靴下が一つのせてあるが、お腹を冷さぬつもりでしたのだろう。

大磯とはいえ真冬は寒いのに、お天気といえば裸でころがしておいた。

五月には、初節句ということで、岩田自身見立てて来た鎧、兜などを床の間に飾ったが、御本人の敦夫は一向に喜びもしなかった。私は大きい鯉幟を立てたかったが、さすが岩田は恥かしがって、許してくれず、家の中におく小さいのを買ってくれた。私は葡萄棚のせいぜい高い所へ括りつけた。

暑くなって、おむつの上に浴衣でチャンチャンコを作ったのを羽織り、やっとエンコが出来た頃の写真がある。黒い襟をかけ、「あつお」と縫いがしてある。これは濱谷浩夫人が作って下さったのだが、前歯二本のみえる可愛いい写真である。前の下歯が生え出した頃、始めて子供らしい可愛さが現われたように思う。

子供用の椅子に腰掛けさせていた時、目を放したすきに落っこちてしまい、あいにく敷居の所で顔を打ち、おでこに瘤が出来、頬に痣が出来てしまった。さあ、岩田の怒りようはすごいもので、私はさんざん叱られたあげく、横面を平手打ちされてしまった。これは現場を見られたから仕方ないが、見られてない場所でどれだけ危い目にあわせたかしれない。恥かしくて書けないが、よく大事にならずにすんだものと思う。若い親の不注意でということが新聞などに出るが、子供一人育てるのは容易なことではない。

満一歳の誕生日を無事に過し、二度目のお正月を迎えた。

小林秀雄先生、今日出海先生が暮れから伊豆山の桃李郷へ御家族連れでいらっしゃるので、元日の午後から私達もお仲間入りさせていただいた。お嬢様方三人もいらして、敦夫は皆さんに可愛がっていただき、大喜びでだっこして温泉にも入れていただいた。やっと立てる位の時だった。

岩田は皆さんとゴルフをするので残り、私と敦夫だけ先に帰った。ところが翌日、敦夫は九度の熱を出してしまった。電話で知らせると、

「それ見ろ、旅行なんかに、連れ出すから、悪いのだ」

と、大叱られをしてしまった。元々用心家の岩田のことで今回の旅も躊躇っていたが、いつも引込思案でいるのは、私には堪えられなかった。病を過大に考える岩田のことでたいへんな心配をしたが扁桃腺だけの熱で日増しに快方へ向った。生後丸一年病気をさせないと丈夫に育つというが、どうにか丸一年を越した所で初めて熱を出すような病気をしてしまった。

その頃、一番の遊び友達は二カ月後に生れたお隣のアヤチャンだった。お互に親が

預けたり預かったりの日々だったが、少し大きくなってからは、若いアヤチャンのパパが海岸へ連れて行って下さった。

八月頃、娘巴絵が泰子（長女）をつれて、バンコックから夫より先に帰国して大磯に来た。

泰子はちょうど満一歳になっていて、敦夫は八カ月年上のオジチャンになるわけだ。ヒロ子をチーコと呼び、自分のことはアッタンで通っていた。子供同志のことですぐ仲よく遊んだ。

我家も賑やかな明暮れを過していたが、そのうち泰子が猩紅熱らしい病気にかかった。そこで昔私の居た長者林の里の別荘へ敦夫を連れて別居した。海も目の前にあるし、住み馴れた場所で、身内のいない里であっても、私はしばしのびのびと暮すことが出来た。岩田も散歩方々立寄ったりしたが、何か二号の家へでも来るようなとか、何かに書いていたが、失礼な言い草である。

巴絵の夫も帰国し、田園調布で暮すようになった。

敦夫は、どこの子もそうであるように、乗物が大好きだった。お手伝さんと駅まで電車を見に行くのが日課となった。やはり駅に毎日電車を見にくるおばあさんがいて、

敦夫のことを、

「お坊。お坊」

といったそうだ。その話を岩田は「週刊朝日」に、

「おぼうばあさん」

という一文にして載せた。

家の南側は一面の畠で、東海道の松並木が正面に見えた。その畠の真中を列車が通るのでこれも楽しみの一つ。デゴイチ（D51）と呼ばれた機関車は有名だが、色は皆鉄色をしていたけれど「あさかぜ」は今のブルートレーンの色をしていたと思う。大のお気に入りで、通る時刻になると家の門の内側の横桟を攀じ登って列車を見る。その時刻になると岩田さんの子供の首が門の上に出ると評判になった。

子供ばかりでなく、私も上野の叔母上が上京される時、線路脇に立って展望車の外に出て、手を振って下さるお姿をお見送りした。

東海道まで見渡せる畠の一番手前、家の門前には幾つか肥溜が並んでいた。今と違い道も凸凹道で、お使いに行ったよそのお手伝さんが自転車ごとその中に落ち、家のお風呂場で洗ったこともあった。朝、家の戸を開ける頃、お百姓さんは肥料をまくの

で、掃除をすませガラス戸を閉めると、匂いが皆部屋に籠ってしまい、外はなんともないのに家中臭いという思いをした。

幼稚園へ

昭和三十二年（一九五七年）四月、敦夫も幼稚園の三年保育に入れる年になっていた。

岩田はまだ早いと言ったが、年寄っ子で、大人ばかりの中に暮す敦夫に、早く友人を持つ環境に馴染ませたかった。

大磯の東外れに、私邸を開放して幼稚園を経営しておられる未亡人があった。前からのお知合でもあり、岩田も賛成してくれ、四月から通うことになった。

その頃大磯の西隣の二宮に作家の阿川弘之先生御一家が住んでいらして、二人のお子さんもこの幼稚園だった。利発なお兄さんが可愛いい妹さんを連れて、バスで遠い所から通ってこられた。敦夫はそれがうらやましくて、なぜ僕にはママが付いて来るのか、と子供なりの理屈を並べて、親を困らせた。

幼稚園は高麗山の麓で、東海道からは幾分登りになった叢の中を行く。そこで、親子で協定を結び、バスを降りた所まで私が行くことにした。あのチビが、もしおりそこねたらどこへ行ってしまうかと思うと一人で出せなかった。約束通り、バス停で別れたが、小さい鞄を肩から下げて、夏草の茂みに見え隠れしながら小走りに駈けて行く姿を見守った。

時には、ちゃんと行き着いているかどうか心配になり、幼稚園の生垣の間から覗いて、他のお子さんと遊んでいる姿を確かめて帰って来ることもあった。

阿川さん御一家は、私達より早く、東京へ移られ、退園されてしまった。その少し前のクリスマスの時、白雪姫の劇に、お兄さんは王子様になられ、白いタートルネックのスエーターに、羽根を一本つけた紺のベレーを被って出られた姿が忘れられない。妹さんは、自分の体ほどあるお人形を抱いて中央の椅子にかけられ、マリア様役なのだが、大股に足を開かれ、後まで笑話となった。

いくら賢いお兄さんと一緒でも、二宮から大磯までの通園は疲れられるのだろう。

ある日妹さんはバスの中で寝込んでしまわれ、私は、おいて下車する気になれず、二宮までお送りしたことがある。この妹さんこそ、今TBSのキャスターとして活躍されている阿川佐和子さんである。その頃から今の美女を思わせる可愛いいお嬢ちゃんだった。

遠足、運動会と、私も若いお母さんにまじって仲間入りした。私の自由行動を一切許さぬ岩田も、敦夫のこととなると、どこへでも出してくれた。

七五三のようなものは、岩田はあまり好まなかった。私の母は孫達に紋付など作って祝っていたが、敦夫の時はもう、おばあちゃんはいなかった。日頃私の編んだものばかり着せていた敦夫に、紋付とはいわないが、一枚洋服を買ってやりたかった。ぎりぎりの日に東京駅の大丸までとんぼ返りで行って買ってきた。

無駄なことの嫌いなことは知っていたが、家に出入りする若い人には、ちょうど敦夫位のお子さんもあって、きれいに着飾り、奥さんも裾模様で写された写真を見ると、女心というのか、やはりうらやましかった。

お宮詣りの日、私は風邪をひき、岩田がつれて行ってくれ、赤い風船を持って帰ってきた。

ケチという人もあり、合理主義という人もあるが、私自身の物は、ゴルフの賞品より他、身に着けられなかった。渡されたお金で勝手に見繕えばいいはずなのだが、私は性分でそれが出来なかった。しかし岩田は、本当に気の毒な人とか、感心した時には、名を隠して、そっとあげていたようだった。

敦夫の小学校入学の時、東京へ引越すつもりでいたが、その頃から入試地獄が始まっていた。のんきな田舎住いで、知らずにいたが、注意して下さる方もあって、一年早く東京へ越すことにした。

まだ子供の生れる前に、私の老後、親しい人の側がよかろうといって、岩田は港区赤坂新坂町の、親類の多い土地の一角を、求めておいてくれたが、赤ん坊の出産によって、子供の時は、田舎で育てようということでのばしていた家を建て、三十三年十二月引越した。

場所は、乃木神社の裏手で、青山一丁目にも、六本木にも近かった。隣は修道院で、静かだし、そのお庭の、一本の木の下で、尼さんが読書して居られるのを見て、岩田もいい眺めだといっていた。その向うには、私達が引越した日、完成祝いのあった東京タワーが聳えていて、夜のイルミネーションがきれいだった。

裏隣は、アジア会館で、増築前で、お庭や食堂も見えていた。遠くにはその後出来た文藝春秋社のビルのマークも読み取れた。左手にはアメリカ大使館も見えたが、松方の家は、アメリカ大使館の前で、ある夜、青山一丁目に火事のあった時、松方三郎氏から電話で、

「貴女の家の方向に火の手が見えるが大丈夫か」

と、見舞の電話を下さった。

消防自動車のサイレンを聞くのも、大磯より多く、窓を開ければどこかに見えたものだが、今はどんなに激しくサイレンが鳴っても、どうせ見えないと思って、開ける気にもなれない。あれから二十年余り、すっかりビル、ビル、ビルの街になってしまった。


翌三十四年四月、敦夫は麻布の「みこころ幼稚園」に入った。岩田も、その父も慶応である我家として、学校はどうか慶応の幼稚舎に入れたかったが、東京へ来て、容易でないことを知った。先ず幼稚舎に入舎率の高い幼稚園に入らねばならない。

それに相応しい所へ入ることが出来、私の送り迎えが始まった。待つ間のお母様達の話は、入学のことの繰返しだった。車を買って、他の塾へ廻らせる人もあり、仲良しのお母さん方まで「お宅のお子さんだけ入られればいいでしょ」と、喧嘩腰で話された。

慶応では、航空写真を取って、家の環境その他調べられるとか、親は『福翁自伝』を読んでおかないと面接の時困るとか、聞かされた。

ある日、女優田村秋子さんの令息で、幼稚舎出の英司君が、雰囲気に馴れさせるため、幼稚舎へ連れて行って下さった。帰ってから私が、

「先生は何かおっしゃった」

と聞くと、何で遊んでいるかとお尋ねがあったらしく、隣の修道院で、羊と遊んでいるといったそうだ。お家の花壇に、ガーベラが咲いているともいったという。

バカ正直の私は、びっくりしてしまった。キリスト教と羊を結びつけて考えていったのだろうが、隣に羊がいると聞いたこともない。我家の庭に、ガーベラなど咲いていない。さあたいへん買ってきて植えようかといって笑われた。

知能テストとか、入試の練習をする所だの、人から話を聞けば、行かねばならぬよ

うに思い込み、歩きまわった。

　慶応幼稚舎は入試の前、希望者は面接に行った。人に頭を下げて頼むことの嫌いな岩田もやむをえず親子三人で出かけた。当日は文壇のゴルフ会のあった日で、いかなる時も欠席したことのない岩田が出なかったというので、新聞の笑話の記事としてのった。

　面接の順番がおそく、さんざん待って子供もあきてしまい、先生の前で日頃見られない不行儀で私をハラハラさせ通した。帰宅後私の前に正座させて、さんざん叱った。これでパパやママの努力も水の泡だといっておこってやった。小さいひざ小僧をきちんと揃え神妙に座っていた。幸い、七倍半という競争率だったが入舎することが出来、三代目の慶応ボーイとなれた。やがて普通部（中学）へ無事進み、グライダー部に入った。私は心配でいやだったが、案外岩田はそれを許した。そしてその納会の日、岩田の急変となった。お腹にいる時、気むつかしい岩田と十五、六歳になったら意見が対立するのではないかと恐れたが、まだ衝突することもなく奇しくも敦夫の十六歳の誕生の日、岩田はこの世を去ってしまった。

旅の思い出

結婚した昭和二十六年の八月、長良川の鵜飼に誘われて、箱根以来の旅に出た。

長良川のずっと上流の方で、流れも細い場所だった。

着いたのは夕方で、西山の夕明りが、水に映ってきれいな眺めだった。案内して下さった方と、岩田は水浴（みずあび）をした。岩田はその年の二月に胃潰瘍の手術をして、生々しい傷跡があった。相手の方にも傷跡があり、自慢して見せ合っていた。

日が暮れて、上の方から鵜舟が下って来る。

川幅が狭いので、驚いた鮎が、川辺の砂利の上に躍り上って来た。

夕食は、塩焼はもちろん、刺身、魚田、その他数々作って出して下さった。

　鮎と蕎麦食ひて我老養なはむ

という句を、頼まれるとよく書く岩田は、鮎が大好物で、手術後まだ半年というのに、二十尾以上食べて、皆を驚かせた。

翌日は鵜飼の行われる下流の方へおりたが、途中、土地の方の所で鮎雑炊などいただいた。

鵜匠のお家へもお寄りして、鵜飼に使う綱の切端をいただいた。これをしまっておくとお金が溜るときき、私の小型金庫に、今も入れてあるが、お金はいつもカラッポ。

千年余りの歴史を誇る漁場は、たくさんの見物客の屋形舟がひしめき、山裾をめぐって、鵜舟の篝火（かがりび）が一列になって近付いて来た。

鵜匠の、舟縁を叩きながら、ホーホーという掛声、鵜はいったん水に潜って食わえた鮎を、高々と上げて、頭から飲み込んでいる。

見事な綱さばき、篝火に照る川面に集る舟のざわめき、鵜舟が一カ所に集る「総がらみ」という、メインイベントもあって、昨夕と違った華やかさであった。

私はこの初めて見る景観を喜び、岩田も好きな鮎と、お酒を堪能することが出来た。

子供も一緒の旅行もあった。その一つは、岩国行きだった。私の父の故郷であり、河上徹太郎先生も同じなので、その御紹介で、宮島口の宿に泊り、翌日宮島を見物してから、岩国へ行った。岩田はどこへ行くにも、取材旅行などで、案内して下さる方があるのに、今回は出版社に関係なく出掛けたので、何かとめんどうだったらしい。岩国は私の故郷で前から興味はあったようだが、色々接待されるのは困るといって、獅子文六が来るとは一切言わぬようといったので、あちらでも正直にそれを守り、誰もかまってくれなかった。とはいっても、どこへ行っても、充分もてなされている岩田には、ちょっと物足りなかったようである。

宿へ入っても、お風呂もなかなか案内してくれず、出してくれた手拭は、煮〆めたような色をしていた。食事も、瀬戸内海の魚のチリ鍋を頼んだが、小型のプロパンガスを置いたまま、ちっとも出てこない。

岩田はすっかり不機嫌になり、女中の気のきかなさを、

「さすがお前のおくにだ」

といった。

見物もろくにしないで発った。

その旅の帰りに京都へ寄った。

行く前に、余りみっともなくない鞄を持って行け、といわれ、買物に出た時、持合せもなかったので、粗末なボストンバッグを買った。

旅というものは、前もって、プラン作りも楽しみの一つなのに、そういうことは一切言わない人だった。京都駅に降り、タクシー乗場に並んでも、ハテどこへ泊るのかしら、と思うような私だった。

着いた所は、新しく出来た、二条城前の、国際観光ホテルだった。小説『箱根山』を書いてお親しくなった藤田観光社長の御招待だった。広い日本間と洋間が、ドアで続いたすばらしいお部屋に案内され、びっくりしてしまった。なるほど、みっともなくない鞄をといったはずであるが手遅れだった。

舞妓さんの踊りを見ながら夕食をした。接待されたマネージャーの木村さんは、スマートに愛想よくもてなしてくださり、

「お疲れでしょうから、館内をお子さんに見せます」

といって、どこかへ連れて行かれた。

岩田は、

「あいつは利巧な奴だ、子供に見せればみんなしゃべるから」

といったが、その通りだった。ホテルにびっくりしたせいか、その時はどこへ行ったか、他のことはすっかり忘れてしまった。

その次の年の初冬にも三人で旅行した。読売新聞社の高岡支社へ招待されて、はじめて日本海に面した地方を訪ねた。

羽田から飛行機で、名古屋で乗換え小松へ飛び、それからは車で安宅ノ関、金沢、高岡、富山、宇奈月などへ行ったが、向う側から見たアルプスの峨々たるたたずまいに、またまた私はびっくりしてしまった。

金沢では、天下の名園、兼六園も博物館も結構だったが蟹の美味しさには驚いた。夢中で食べ、旅館の食事に付く少々では物足らず、案内のため付いて来て下さった高野昭氏と、市場で茹でたてを新聞紙に包んで買ってきて、思う存分食べた。今思うとずいぶん安かった。母は幸子が蟹を食べてる顔を見るのが楽しいと言ったことがある。

甘海老はまだ東京まで送れない時代で、新聞社の支社の社員の子供さんが、お八つに食べると聞いてうらやましかった。

氷見（ひみ）へ行った時、ここの鰤（ぶり）は美味しいからと御馳走になった。その他のお魚もさすが美味しく、岩田は大喜びで食べ、満腹で御飯は入りませんといったところ、ぜひと勧められた御飯を一口食べたらその美味しさ、氷見米とは特別おいしいのだそうで、岩田はお替りまでしてしまった。氷見から見たアルプスも、また忘れられない眺めだった。

宇奈月では、黒部の方へトロッコで行くのがあって、それに乗った。十二月だからもう紅葉はなく、囲いのないトロッコは寒かった。深い谷の流れを見ながら、だいぶ登って、鐘釣温泉であったか、下車して、川岸へと降りて行った。冬枯れの木立の間を訪れる人もなく、私達親子と高野氏の四人だけだった。

黒部の流れは滔々（とうとう）と、逆巻いて流れ、岸に一カ所岩で囲まれて温泉が湧き、もうもうと湯気が上っていた。寒い道中たどり着いたので、無性にその温泉に入りたかった。山を眺め側に流れる川を見ながら、あれに浸ったら、どんなに気持よかろうと思った。

帰りは汽車で直江津を通り上野へと向った。親不知、子不知の辺りは、冬の日本海らしい寒々とした景色だった。軽井沢を通り、夕焼に染った浅間山が、それまで見続けたアルプスの険しさに比べ、なんと穏かな姿に見えたことであろう。

東海道新幹線が開通した昭和三十九年（一九六四年）の翌年の春に、子供が、学校のスキー旅行中に、岩田は急に京都へ行こうと、言い出した。二人だけで旅をするのは、久し振りだった。ある人の紹介で、中立売（なかだちうり）の日本旅館へ泊った。京都の宿もよいもので、手狭だが行届いて、仕出しのお料理もおいしかった。

翌日叡山に行くといい、八瀬からケーブルに乗り、降りたらバスで根本中堂へ行く予定だった。何か聞き違いをしたらしく、ケーブルを降りても、バス停などなかった。その辺にいた人に聞くと、この頂上だと、山を指す。仕方なく二人で歩き出した。早春の山の小道は、人一人出会わず、時折、鶯の声の聞こえる長閑（のどか）さだった。叡山スキー場という側も通り、まだ雪は充分あった。その頃私は、和服ばかりだったので、この山道のぬかるみを、やむをえず、草履で歩いた。思えば昔兄二人とこの山へ春休みに登った時も、ケーブルから先、随分歩いた。オカッパの写真があったが、十代の若さだった。やっと頂上についたら、遊園地になっていた。聞けば、バス停は反対側の入口の前で、入場券を買わねば、大廻りしなければならぬという。もう疲れ果てたので、子連れでもないのに、老人二人で切符を買い遮二無二園内を横切りバスに辿り着いた。

苦労したかいあって、根本中堂は、すばらしい所だった。杉木立もいいが、参拝人の焚くお線香の、漂って来る香りが、東京のお寺とは別物で、さすが京都と思った。

その晩、岩田のお友達に電話したところ、直ぐ行くといわれ、中立売上ルとか下ルとか、簡単に言っただけで、立込んだ、ベンガラ格子の家並の続く小路にある宿をすぐ見付けて来られた。京都の地名は土地の人にはすぐわかるらしいが、昔寺町の友人を尋ねた時、よく知りもしないのに、寺町と聞いて鳩居堂の側だと思い、歩き出した所、南北の端から端まで歩いてしまった。

次の日は、お友達に案内され、円照寺へ行った。度々京都に来ているがはじめてだった。その頃は観光寺でなく、縁(ゆかり)の皇室のお写真が掲げてあったり、お居間らしい所の電燈のホヤは、いかにも時代物で珍しく、お寺という感じがしなかったが、お庭は石庭のような石組と苔で、先の方に低い生垣があり、遠く叡山の借景が美事だった。

昨秋一人で京都へ行った折、もう一度見たくて訪れたところ、入口に拝観料を取る受付が出来、中も少々様変りして、あのホヤも、見当らなかった。

借景は昔のままでよかったが、テープで説明が流され、

「皆さんもまた来る時までに、何が出来て景観を遮るかしれないから、よく見ておきなさい」

と言っていた。まったくその通りだと思う。

短い滞在だったが、この時節の京都は毎朝、チラチラと風花が舞う。その頃はやった、

京都先斗町（ぽんと）に降る雪も、雪に変りはあるじゃなし……

という歌を思い出した。敦夫もよく口ずさんでいたことを思い出し、遠いスキー場の息子の上に想いを馳せた。

一日は法然院にある、原田の義兄のお墓参りに行った。御本堂の、須弥壇の磨かれた板の上に、二十五菩薩を現わしておかれた供花の椿が、いつもながら、水にうかんでいるようで美しかった。奥のお座敷から、京都全体の雪景色も眺められた。

円山の二軒茶屋で、田楽を食べたり、四条で珍しく私の着物を買ってくれたりして無事東京へ帰ったが、振返って見れば、二人きりの旅は、珍しいことであった。

名古屋への旅も忘れられない。〝きしめん亭〟の祝事があって、我々親子も招かれた。当時、「パーラーカー」という昔の展望車のようなのがあって、知人もたくさん呼ばれ、貸切りのようで賑かだった。

名古屋駅に着いてすぐ、〝きしめん亭〟で昼食をよばれたが、二階座敷へあがるので、私は大いに気を利かせたつもりで、岩田の脱いだ靴に印を付けておいた。食後、何台もの車に分乗して、次の所へ行く時、我々の車は先頭だったが、なかなか発車しない。後を振返って見ると、毎日新聞社の狩野近雄氏が、大きな体に赤いサンダルをつっかけ、ウロウロしておられる。

狩野さんの靴が、見当らぬということだ。

岩田は「バカだなあ」といって笑っていた。

ところが、狩野さんの靴を履いていたのは、ナント、岩田だった。狩野氏は、岩田と同じ位の大男だったので、その後姿を見て、岩田とまちがえ、印をつけて上出来のつもりであがり、帰る時その靴を揃えて出したのは私だった。

おっちょこちょいの私は、何とも恥かしい思いをしてしまった。岩田没後、どこか

で、狩野さんにお会いした時、敦夫と背くらべされ、

「お父さんの方が、まだ高いね、ちょうど僕と同じだった」

といわれた。もうその狩野さんも亡くなられ、背くらべをして下さる方がなくパパより高いか低いかわからなくなってしまった。

その旅行よりだいぶ前から、岩田は体の不調を訴え、民間療法を、人にすすめられてはしていた。ケールの葉を絞る青汁もずいぶん続けていたが、寒い朝、庭から葉を取って来て、外の蛇口で、虫の卵でもあったらいけないと、ジャアジャア洗う時の冷たさ、自分の心臓がピンときそうな気がした。名古屋へ行った頃は、人参、キャベツ、大根その他数々の野菜を金気の物を使わず、叩いて潰し、摺（す）って絞り、ジュースに作るので、朝の早い岩田の食事に間に合わすのはたいへんだった。旅行中は、作ってあげる事も出来なかったが、せっかく名古屋へ敦夫が来たのだからと、東山動物園に案内され、有名なゴリラの小屋の前へ行った時に、ちょうど食事時間で、色とりどりの生野菜が、しこたま積まれているのを見て、あ、あれで作ってあげたいと、本気で思ってしまった。

その旅の帰途、狩野さんがお弁当を下さった。

洋食でローストチキンが一人に一羽分ずつ入っていた。狩野家は大食だが我家では手羽か股肉一つが普通なので、余りは持帰って冷蔵庫へしまった。夜半目がさめて我家は食べるのが少なすぎるのだと思ったら急にお腹がすき台所へ立った。その時、二階からおりる足音がして岩田が入って来た。寝つかれぬのでお酒を飲みに来たという。私はいかにも毎晩冷蔵庫あさりをしているのを見つかったような気がして恥かしい思いをした。

昭和四十四年の六月はじめ、鮎好きの岩田は倉敷から三次（みよし）の方へ朝日新聞社の案内で出かけた。これは朝日から出た『獅子文六全集』の打上げの旅で、私も一緒だった。新大阪まで新幹線に乗り、後は普通列車で車窓の右も左も緑の中を倉敷に行き、国際ホテルに泊った。ちょうど学習院の常磐会の旅行と同じホテルでかち合ってしまい、満員のため、スウィートの、いい部屋へ案内された。いつものように学校の旅行などはじめからことわってあるので知らなかったが、たくさんの友達に会い、斎藤茂吉夫人もいらしたので、岩田とはフランス以来の顔合せで話が弾んだ。そしてこの時以来お亡くなりになるまで、斎藤輝子夫人は私を可愛がって下さり、方々御一緒するようになった。

倉敷もその後たいへんなブームになったが、まだ静かな時で、大原美術館ではセザンヌなど数々の名画を、また、民芸館でも私の好きな富本憲吉の陶器など館長さんの御説明で見て廻った。川の流れ、両岸の柳、米倉を利用した建物も、いかにもふさわしく、赤レンガの建物の中庭にどくだみの白い小さい花が可憐に咲いていた。

昼食は豪華な祭ずしを、おいしくいただいた。

二日目の午後、ホテルの翁社長の案内で高梁（たかはし）へ行った。溜池のほとりを通り名産藺草（いぐさ）の生える彼方に、国分寺の塔が一つ聳えていた。

雪舟の逸話の残る宝福寺へ寄り、遠州作の庭がある頼久寺のさつきが美しかった。

夕方川岸にある油屋という古い旅籠（はたご）という感じの店へ上った。前の川では釣竿を持つ人々もみえ山峡の静かな町だった。小雨が降り出し一入（ひとしお）趣があり、岩田好物の鮎をたくさん御馳走になった。

翌朝、岩田は社の方と三次の方まで鮎の旅を続け、私は用事のため先に帰京した。

あまりに楽しい旅であり、よいホテルの部屋の窓から、あした帰るのは惜しいといって眺めていた私に、

「そんなに気に入ったのならまた来ようね」
といつになく優しく岩田はいってくれたが、またという日はもう無かった。結婚後初めての旅は長良川の鵜飼であり、最後の旅もまた鮎の旅であったのもくしき縁だと思う。

人気なき舟のもやいて倉敷の町をめぐれる堀のしづけさ

青水さび七ツの池をめぐり来て目路はるかにもあららぎの見ゆ

むかひなる山の麓に灯のともり川原に鮎を釣る人のあり

水無月の旅の一日のくるる時かじかの声をすがしくもきく

岩田の旅行は、取材またはゴルフで、私は連れて行ってもらえなかった。しかし晩年体が弱ってからは、同行するようになった。晩秋京都へ行った時も、寒かったら困ると思い、何かと鞄に詰め、当時は和服だったが、自分の物は着替えもなく伴をした。鞄を見て「これだから女と旅するのは嫌だ」と言った。中身をいえば「そんな物いらぬ」といわれるのを恐れ、いつもだまって持って行った。

獅子文六の友人たち

岩田のお友達として、一番古く、一番お親しかったのは、徳川夢声氏だったろう。宮田重雄さんも、挿絵のコンビを願い、家族ぐるみのお付合だったが、お二人共、岩田の亡くなった時、たいへんなショックを受けられたらしい。相次いで、後を追うように、あの世へ行ってしまわれた。画家の益田義信さんは、奥様と昔からのお友達で、箱根では、毎夏楽しい時を御一緒に過した。

奥様方では、吉川英治夫人、佐佐木茂索夫人を、御主人の亡くなられた後、未亡人を慰める会だといって、岩田がお招きしたことがあったが、今もお親しくしていただいている。吉川夫人ほど、お知合のどの方面からも褒められている方を他に知らない。

佐佐木さんは、柔らかい、京訛りでいつも話しかけて下さる。ある時、このお二人と、谷崎潤一郎夫人と私の四人で、ホテルで食事をしていた時、今は亡くなられてしまった川口松太郎先生が、それを御覧になって、未亡人が仲よくしているのは、見ていてもいいもので、家でもそうありたい、と新聞に書かれたが、川口夫人の三益愛子さんは先生より先に、亡くなられてしまった。その食事の時、佐佐木夫人が、余り面白い話をされ、十七、八の娘のように笑いが止まらず困ってしまったことがあった。

私達が子供の幼稚園のことがあって東京の赤坂へ越した頃、佐佐木夫人に電話で、

「今度の家はまるで岩田みたいなのですよ」

と言ったところ、

「どこか曲っておりますか」

と聞かれ、唖然としてしまった。私は余りごつくて、壁に当っても痛いような家なので、そう言ったのに、あちらは、岩田の旋毛曲り（つむじ）をさしておっしゃったのだった。

佐佐木茂索さんも世間では、気難かしい人とされていたようだが、御親切な方だった。何かの用でお家に伺った時、ちょうどいらしてお会い下さった。その頃岩田は、大分弱っていたので、もしもの時は、よろしく願いたいと言ったが、その後しばらくして、

あちらが先に亡くなられてしまった。お机の中に、岩田宛のメモが残され、当時赤坂の家を売ろうかと考えていた岩田に、ぜひ残すべきだ、岩田としては売っても、九牛の一毛ほどのことだろうから、と書いてあった。九牛の一毛とはと、岩田は笑ったが、おかげさまで、今日まで、持続けることが出来て、感謝している。

友人は、主にゴルフ仲間が多かったが、中野好夫先生ともお親しかった。中野さんは穏かな関西弁でよく岩田と口論していらした。岩田は中野さんを、進歩的文化人といい、あちらは、保守反動派とやりかえされたが、アハハと笑われ、一方もへへへと苦笑するだけで、両方つきあいに支障はなかった。

岩田のことを、文六－勝手＝0　という方程式を作られたり、勝手が着物を着ているような人、ともいわれたそうだ。その一方、内実は心弱いほどに心情のやさしい人だったとも言ってくださった。

結婚して間もない頃、ゴルフの誘いか何かで、小林秀雄先生が玄関へ立寄られた。何と御挨拶したか忘れたが、後で岩田は、

「小林が、お前のことを『情のある人だ』といっていたよ」

といった。さあたいへん、私は、情という字の意味の解釈に苦しんだ。情というのは褒言葉のように思うが、あの偉い先生が、私を見て、そんなことおっしゃるはずがない。さんざん考えた。字引を見ても、なさけ、まごころ等々、どうしてもわからない。とうとう岩田に、

「深情けという言葉があるけれど、それかしら」

と恐る恐る聞いてみた。岩田は笑顔で、

「そうだ、そうだ」

といった。今、来し方を振返ってみて、私はたしかに、おせっかいで、深情に過ぎ、そのために失敗したことが多かった。

小林先生は、その後も出羽三山や、那智の滝など、山伏に興味を持たれ、岩田と旅を共にされたが、大磯へも来て下さった。長良川から鮎がたくさん届いたのでお招きしたが、岩田は焼きたてでないと気に入らず、縁側に七厘を置いて、次々と私が焼いたが、その頃は、串の打方も出来ず、無様なものだったが、焼きたてを、賞味して下さった。だいぶお酒がまわって、岩田がお見せした宗の小さい壺がお気に入って、持って帰るとおききにならず、まるで子供が、オモチャの取合をするようなさわぎにな

り、本当におかしかった。

岩田の亡くなった後、大磯の書斎から、未発表の原稿が、いくつか出て来たので、小林先生に見ていただき、遺稿として雑誌にのせていただいたが、「牡丹」という一文を、たいへん褒めて下さった。葬儀の時、委員長をしていただき、追悼文集を作る時も、「牡丹の花」という題名を書いて下さった。思い返せば御礼を申上げることばかりである。

このお字を、私の好きな特殊な赤の縁で囲み額を作り、今居る大磯の古巣の部屋に掛けてある。この他、安田靫彦画伯の「牡丹亭」という横額も掛けてあるが、先生のお字は大好きで、新宮殿の壁の上部に張り巡らされてあるのを、文化勲章拝受の日参内して拝見した。先生御存命中にこの宮殿の出来たのをよかったと思った。

　　靫彦の書よからむと我れに言う千草の御間(みま)に立ちし君かも

もう一つ杉本健吉画伯の額が掛けてある。猩々(しょうじょう)が酔潰れ、瓶に寄り掛かっている絵だが、その顔が眼鏡をかけた岩田の似顔になっている。

我家の裏山は若葉に萌え、最近までひねもす鶯が鳴き続けていた。この馴染み深い地に、このような品々に囲まれ過す明暮れを心から感謝している。

小林先生とお親しい今日出海先生も、へらず口の叩き合いのおつき合いだった。息子の結婚披露宴の折、類まれな楽しいスピーチをして下さった。若い頃、小林先生と岩田が、バーで喧嘩をして、外へ出ろということになった時、花売娘を捕えた男があって、岩田は喧嘩相手そっちのけにして、娘を助けようとしたところ、大男の岩田が見事投げとばされたそうだ。それは刑事だったので、岩田は早速留置され、小林先生はお体が小さいので物陰に隠れて、難を逃れられたという話で、会場に爆笑がおこった。

今先生は、岩田はさんざん人に厄介になりながら、何の礼もせず死んでしまった。君（新郎）にその代りをしてもらわねばならない、とおっしゃった。息子も私もすっかり恐縮して、何とかお礼申上げたいと思いつつ、婚礼後の雑用に追われたりしているうちおなくなりになって、その機会を逸してしまい、何とも申訳ない気持で一杯である。

まだまだ数えきれぬお知合の中で、勝手だ、気儘だといわれながら、憎まれず（憎んだ人もあるだろうが）幸福な人だったと思う。

文学わからず、の看板を掲げた私にいう資格はないが、生きていれば、今の世を、あの鋭い眼で、いかに見通し、書き綴ったことだろうと思う。

岩田豊雄と文学座

ある解説書に、昭和十二年、岩田豊雄は久保田万太郎、岸田國士と共に、文学座を創立し、同座今日の繁栄の基礎を作ったとあった。

芝居に無知な私が、文学座の歴史を記しても、間違ってはいけないから止めるが、三十円出し合って作ったと聞いている。

私の従兄、土方与志も新劇人で、若い頃は築地小劇場へよく行った。コンクリートの打ちっぱなしというのか、暗い建物で、芝居という華やかさがなかったが、母が甥のために切符を買うので、分りもしないのに行ったようなものだった。「大寺学校」「アルトハイデルベルヒ」など、友田恭助、田村秋子、汐見洋など、若々しい舞台姿が、昨今見たものより、鮮かに思い浮べられる。

土方も海外に去り、その後、長らく芝居と縁が切れたが、岩田との結婚で、今度は別の新劇、文学座の人とお付合するようになった。狩野近雄氏が、日本ではじめから海外の本場で芝居の勉強をしたのは、岩田と、土方の二人だけですよ、といわれたことがあったが、芝居オンチの私の右に岩田、左に土方がいるとは奇しき縁だと思った。文学も芝居もわからぬ私を、承知でもらった岩田だから、こちらも知らぬまま通してしまったが、私が芝居に行くのを好まず、文学座で結婚を祝ってくれた会にも連れて行ってくれなかった。しかし皆さん遠路大磯まで来て下さり、岩田を囲んで、楽しそうに芝居談議が続いた。

毎年お正月の二日は大勢みえる習わしだったが、最初の年は、それと知らず、食器も揃えておかず、当時はお正月は店は閉っているもので、大あわてしてしまった。日本間の縁側まではみ出して座られた中に、幼かった敦夫が、オモチャのピストルで芥川比呂志さんを狙う、その音に合わせて、見事ひっくり返って下さる、舞台なら値千金というところだろうに、何度もして下さり、本当にすまないことだった。本読みなどは椅子の部屋でしたが、岩田を囲んで上席に女の人が座るので、お手伝さんが、

「文学座の女の方は、いばっているのですねえ」といった。女優といえばケバケバしいお化粧と思っていた私も、文野朋子、岸田今日子、加藤治子、丹阿弥谷津子さん等々、女学生のように見え、若々しく、楽しげな姿が、忘れられない。飯沢匡、中村伸郎、杉村春子、田村秋子、長岡輝子さん達は、二人連れで、夕方からよくいらした。花柳章太郎、水谷八重子さんも連れ立って見えたが、水の江滝子さんが見えた時、赤ん坊の敦夫を岩田が抱いて玄関に出たら、

「あら先生、お孫さんですか、可愛いいですねえ」

といったので、岩田も閉口していた。

文学座の芝居はいつも見に行き、演出したり、舞台稽古にも行っていた。厳しい岩田を皆さん恐れられたが、見に来て注意されるのを、一喜一憂して待ち受けていらしたようだ。

創立三十年の間近いある時、突然劇団は分裂し、主に若い人が集って「雲」が結成され、その他幾つかに分れてしまった。岩田が加担したようにもいわれたが、成行きは察していたろうが、私はまったく知らなくて驚いてしまった。

その後も、それぞれの劇団から用事を頼まれ、出かけて行ったが、前のように、全

員揃ってにぎにぎしくみえ、和気藹々ということはなくなってしまった。

色々面倒なこともあったらしく、役者とは本当に困ったものだというようなことを言っていた時もあったが、我子のように見放すことは出来なかったようだ。亡くなる少し前だったと思うが、稽古を見に行って帰った後、不機嫌で、頭痛がするといった。案じなければならぬはずの妻なのに、不養生することがこちらとして腹立たしかったので、

「煙草の濛々とした中に毎日居れば頭も痛くなるでしょうよ」

というようなことを言ってしまった。岩田は吸かけの煙草をやにわに私の顔になげつけた。それをさけて立った私はそのまま外へ飛出してしまった。初冬の宵一銭も持たずあてもなくさまよい歩いた。このような心ないことをして何といっても悪妻だった自分を恥入っている。

岩田の没後も皆さん親切に付合って下さっている。十三回忌の翌年、昔の仲間皆が集って、追悼公演をして下さった。分裂以来、一堂に会するというのは、はじめてのことで、「獅子文六先生の前に全員集合」とかのキャッチフレーズもあった。出し物

は、岩田作の『二階の女』で脚本と演出は飯沢匡さんだったが、当代では望み得る最高の熟練者揃いだった。この企画を纏めて下さったのは、芝居に関係ある仕事をされていた向坂隆一郎氏だった。芝居のことは何時も、御相談して、小まめに世話をして下さった方だったが、その後急逝されてしまった。

公演のあったのは、銀座博品館だったが、始まる前、稽古を見に向坂氏に連れて行ってもらった時、楽屋口のエレベーターの所で受付けに「『二階の女』の所へ行き度いのですが」といったところ、その人は「このエレベーターは二階に止りません」といったので笑ってしまった。

大変に大入りで、身内の者も、切符が手に入らず行かれない位だった。そんなわけで、買いに来た人もことわられ、「じゃあ、三階でもいいです」といったそうで、作り話のような事実があった。私もかろうじて、二回見られたが、楽屋見舞と称して度々楽屋へ遊びに行った。他所（よそ）では何となくしっくりゆかぬ、昔の仲間が、今回は同窓会のような雰囲気で、楽しそうにしておられ、私も嬉しく、特別出演の黒柳徹子さんも一緒に楽の日の夕食を共にして、本当に楽しかった。

それぞれ別の所で仕事している方が、よく集って下さったと思い、岩田の所に帰って来て下さったような喜びを感じたが、向坂さんのお骨折りがあったればこそ出来たことで、今更に感謝と共に、御冥福を祈り度いと思う。

岩田の、役者さんに厳しかった逸話はたくさんあるが、岩田の没後追悼公演のあった時に、芥川比呂志さん演出の稽古をはじめて見て、その厳しさに、何と怖ろしいものかと思った。岩田の演出もさぞやと思った。皆さん慕っても下さったが、どんなに憎らしく思われたことだろう。

昨年（昭和六十年・十七回忌）岩田の集りの時に、中村伸郎さんが、昔話をされた。文学座に迷い犬が居付き、皆でお弁当の残りをやって飼うことにした時、中村さんが犬に文六という名を付けたそうだ。文六と呼び捨てにしたらいい気持じゃあないかといわれ、一同賛成して、「うるさいぞ文六」などと言って、日頃、叱られてばかりいるウップンを晴らされたそうだ。

その後杉村春子さんが、もしうっかり本人の前でいったら、ただではすまされまいからと言い出され、怖くなって、太郎と名を変えたということだ。いかにも皆さんの気持が現われていて大笑いした。

文化勲章受章

昭和三十八年（一九六三年）岩田は芸術院賞を受けた。相変らず文壇のことにうとい私は、芸術院賞というものもろくに知らなかった。

ある日近所の豆腐屋に買物に行き、帰ると電話で毎日新聞社の村松氏が、受賞のことを知らせて下さった。岩田も留守で困ったが、まもなく帰宅して、「ああ、そうか」といった。村松氏も来て下さり、同時に大勢の新聞社の記者、カメラマンが室一杯になった。

こんなことは初めてなので、私はただただ驚き、お茶の仕度をオロオロするので、村松氏は「いいんですよ」と教えて下さった。用事がすめば引潮のように皆帰られてしまった。

幾日か後、上野の芸術院で、陛下御臨席で、高橋誠一郎院長より賞をいただいた。私も参列し、麗かな五月晴のお庭でお茶をいただき、その後岩田は宮中へもお召しにあずかり、方々からのお祝も届き、華やかな一時期であった。

十一月には、日本芸術院会員にも推され、何かフランスにも同じようなものがあるらしく、岩田はこのことを一番喜んでいた。その年は古稀の祝でもあった。

その頃から岩田の体調は、次第に悪くなって行った。

昭和四十四年（一九六九年）七月一日は、喜寿に当っていたので、お祝下さる方もあり、何か落ちつかぬ日々であったが、この夏は特に厳しい暑さで、ずいぶん苦しそうにしている日が多かった。毎夜唇からえたいの知れない出血があり、私の長年おせわになりお親しくしていた東京労災病院の近藤院長先生にいらしていただいたが、病院で調べることになり、ある日私も一緒に行った。診察後、院長室で休ませていただいている間に、私が部屋の外へ出ると、廊下の遠方から、先生が早く早くと手招きしていらっしゃった。のんきな私は気にも留めず、近づいて行くと、岩田の病状の悪いことを知らされ、少し散歩しても腰の痛くなるのは、私にはよくわからなかったが、内臓の後にある動脈瘤のしわざらしかった。本人にはいわぬようとのことだったが、いつ破裂するかわからないと知った私は、それ以来心の安まることがなかった。

食事の用意をするたび、出かけるため玄関に靴を揃える時も、もうこれがおしまいなのではないかと思った。

岩田は、日記は、物を書く覚えに書いているので、死後出版しないようにといっていたので保存したまま、見ることもしなかったが、今回調べたいこともあって、当時の所を開いて見ると、日々どんなに苦しんでいたかがよくわかり、覗き見してでも何とかするべきだったと、暗い気持になってしまった。

明日をも知れぬと思いながら、岩田の気難かしさを受入れられず、ずいぶん悪妻の限りをつくした。

次々に仕事は重なり、雑事から逃れるために、労災病院に入りたいといったが、あいにく院長先生は海外に出られ、なかなかお帰りにならず「まだか、聞いてみろ」といわれたが、お帰りは延び、あのわがままな患者を、知合の院長先生の居られぬ所へ担ぎ込むことも出来なかった。これも運というものか。

残暑がきびしく、箱根、大磯から帰っても暑さは衰えず、不機嫌な主人を、夏だから暑いの当り前でしょ、みたいな態度を取ってしまった。

岩田は那須行を思い付いた。お医者様で〝木樵小屋〟という宿屋が知合だった。岩田は敦夫に言いつけ、上野へ切符を買いにやって、駅まで送らせた。それを岩田はたいへん喜んでいた。十五歳の敦夫のただ一つの親孝行であった。

那須から電話で、東京も涼しくなったろうと聞いてきても、まだ暑いですと私は邪険に言い続けて本当にすまないことをしてしまった。

ある日呼んだ易者が私のことを、この人は今はだめだが、一人になれば何でもやってゆける人だといった。岩田は私をまるでダメ女ときめていたが、占はわりに好きなので、否定しながらも、もし本当ならいいな、という笑顔で私を見た。私は岩田没後、あの笑顔に背いてはいけないと思った。私はずっと前から自分に与えられた命を、どれだけでも岩田に提供するから、敦夫のため、家のために長生きしてほしいと、神仏に念じていた。

漢方のめんどうな薬をつくったり、気のきかぬ私ながら、精一杯尽したつもりだったが、側にいてもあまり苦しそうで、見かねて後は何とか私がやりますから楽になって下さいと思うようになってしまった。

その年の十月二十二日、日頃おせわになっているお友達や、マスコミの方を喜寿の祝として近くの〝津つ井〟へお招きして一応楽しい集りをしたが、これは岩田が皆さんへの御礼とお別れの集りとなってしまった。

その頃文化勲章受章の内定もあった。二、三年前から秋になると、「今年こそ先生受章ですよ」とマスコミの人にいわれたが、新聞に出るのは違う名前ばかりだった。

体の弱る一方の岩田をみて、やはり戴くということは無理なのだろうと思った。

今年（ことし）もご沙汰なくして夕空に三日の月の冷たき光

という歌を作ったが、見せようものなら「お前はそんな気でいるのか、バカヤロー」と叱られるのがわかっていたから見せなかった。

芸術院の時は、賞さえ知らず、突然であったから驚いたが、文化勲章は知っていた。

当日十一月三日は、昔は天長節といい、必ずといってもいいくらい秋晴れと決っていたが、この日は小雨もようのどんよりした日だった。

新宮殿で行われる伝達式に出席するために参内し、式後いったん控えの間に下って、またお礼に御前に出る時、私もお席に連なることが出来た。吉川の兄重国は、式部職なので、案内役を勤めていた。磨かれた松の間の床にうつる自分の影を感無量でみつめた。

翌日は、文部省で文化功労者の式があったので、それにも列席した。文部省の窓の下をその時、来日中のアポロ宇宙飛行士のパレードが通ったのも思い出の一つである。続いて功労者の方も含めて再び参内した。当事者達がお話を申上げている間、同伴者は御所の内庭を拝見することが出来た。都心とは思えぬ静けさ、武蔵野の面影を残す内堀のあたり、賢所(かしこどころ)や、紅葉山の御養蚕所の近くも通り、ずいぶん長い道のりだった。一生の中に、このような栄ある日に巡り合おうとは思いもよらぬことで、感激した。

最期の日

文化勲章の内定以来、祝電、御祝のお客様などめまぐるしい日が続いた。

中でも、インタビューが一番岩田を疲れさせたと思う。若い記者さんにしてみれば、ほんの十分でも、それが重なれば、我社一つのおつもりが、体調の悪い本人にどれだけ負担がかかったか知れない。今、日記を見ると本当につらかったようなのに、お目出度ごとなので、機嫌よく人にも会っていた。こういう時に、矢面てに立つべき私が、時として浮ついたり、うんざりして、取合わなかったり、本当にすまないことばかりであった。

十一月七日、某社の人が、京都へ行ったといい、〝いづう〟の台所ずしと、〝雲月〟

よりたのまれたといって、かぶらを炊いたのを届けてくれた。また別の社の人より〝辻留〟のお料理をもらい、そこへ〝京味〟の主人が飛込んで来て、せめてものお祝だと、松茸の籠、ハモ、菊菜等を持参して、早速お鍋料理を作ってくれた。東京の我家に居ながら、これだけ京都派のお料理がお膳に並び、岩田も感謝し、喜んでいたが、これが我家の最後の晩餐になってしまった。

その頃、箱根の「松の茶屋」の三井姿子さんから電話で、

「主人が御祝をあげたいというが、葡萄酒はどうか」

といってこられた。当時三井さんは癌で入院中だったので、それを聞いた岩田は、

「自分の死も近いという人が、人のことを祝ってくれて気の毒だなあ」

といったが、その岩田自身さえも死の近いということは、予測することは出来なかった。定め知れぬ人の命とは何と憐れなものだろうか。それから一月足らずの十一月末、三井さんはなくなられた。岩田はお葬式に行くといい、混雑して行列が長かったりしてはと思い、私が一足先に行き電話で様子を知らせた。あとから一人で来たが、私の友達はお見かけしたというのに探しても見当らず、私は津軽さんの自動車で送っていただいた。青山葬儀所は家から近いとはいえ、岩田は往復歩いたそうだ。十一月

二十五日のことであった。

そして二十九日には、読売新聞の前文化部長の細川さんがこれも癌で亡くなられた。おやじおやじと慕って下さり、他の方とは違った深い付合だったので、十二月三日の葬儀に三河島まで行って、弔辞を読んだが、「往復の車ですっかり疲れた」と日記に書いている。あれほど岩田のことを思って下さった細川さんのことだから道案内のために一足先に行かれたような気がする。

五日には「週刊朝日」に始まった飯沢匡氏との対談の第一回目に出席した。

八日には静岡県清水におられる主婦之友前社長夫人にお招き戴き、行く気でいたが、風邪気だからと延期をお願いしたところ、十二日に社長が、

「母がお出での時さしあげたいといって庭の柿の葉を、うつしたものです」

とおっしゃり、青磁のお皿をお持ち下さった。

「なおったら行くつもりだったのに、ばあさんおれが死ぬかと思って届けて来た」

といったが、予告したように翌日死んでしまった。

原稿はいつも早く書きあげる人で、お正月用の原稿は、それぞれ各社に渡し済みと

なっていた。元旦の朝日新聞に載った「モーニング物語」は絶筆となった。

喜寿と受章との祝に、方々からお招きがあったが、体調がよくなってからと、延していただいていた。表面華やかなかげに、今思えば、どうにもならない死の世界が、刻々に近づいていたことを感じさせる。ともかく、異常な雰囲気の日々だった。いつも階下にねていた私も、風邪で塗布などの用もあり、ベッドの下に床を敷いた。岩田は寝つかれぬから、「何か話そうよ」と珍しくいった。私も何を話そうかと戸惑った。私のおしゃべりを聞くのもいやだという日頃なのに、先ず初めてのことで、私も何を話そうかと戸惑った。ちょうど翌日は、敦夫の十六歳の誕生日だった。前からギターがほしいといっていたのでそれを告げた。

「そうだなあ、今年はお金で渡しておこう」

といった。私もなるべく楽しそうな敦夫の行動を話したりして、機嫌よく眠りに入った。

最期の日の十二月十三日の急変の時、娘の巴絵はお仲人をしていて直ぐに来られなかった。敦夫も高校のグライダー部の納会で池袋の中華料理屋に行くといって朝出たままで見当がつかなかったが、姪達がどうやって探してくれたのか、やっと連絡がついた。

書斎を片付けて遺体を移そうとしたが、何年もいじらなかった部屋の書棚、引出しをのけると、たいへんな埃だった。裏の納戸から、着替の着物と思い、岩田の好きな紺絣を出して、その箪笥の前にも書斎の荷物をやたらと運びこんでしまった。ところが紋服でなければいけないといわれ、積上げた荷物をかきわけやっとそれを出した。

身内の少ない家で、皆さん本当によく手伝って下さって助ったが、何か聞かれても、返事をするのは私一人なので、涙の出る閑もなかった。

ある時知人の弔問に行った時、帰ってから岩田が「奥さんどうしておられた」ときいたので、「途方にくれていらしたわ」といったところ、「最後の勤めだというのに何ということだ」といった。その声を思い出しながら看病のふだん着のまま、ウロウロする私は早く着替えて下さいといわれたが、私の部屋もお客様でいっぱい、箪笥の引出しをあけるのもやっとだった。

どうにか通夜の用意も調い、水盃という時、ふと高松宮様からお祝に賜わった岩田の好きな、惣花（お酒）がまだそのままとしまってあるのを思い出し、それを使わせていただいた。

住居の赤坂は便利な所なので、用意も出来ぬうちに立錐の地もないほどの弔問客で一杯になってしまった。総理大臣のお花他、置く場所もなく、皆外に出され、親しい女優さんが枕花に小さくしたからぜひと私に手渡されてもどうすることも出来なくて困った。お通夜見舞にいただいた百人前のお寿司その他も、満員電車のような中ではお出しすることも出来なかった。その夜の中に京都から来て下さった人もあり、銀座の知合のおかみさん達が何人か泊って裏方を勤めて下さったのでどんなに助かったか知れない。

十一月六日の日記に、

「お祝を持って来た某社の人が、
『先生はテレビも三つやってるし、勲章はもらうし、今年はツイてますね』
といった。これは世間の印象として聞いて置くべきことと思う。たしかに今度の受章で浮かれてるところあり、自戒すべきなり」

と書いている。

岩田も作家生活の絶頂で、突如このような日が訪れ、世間の騒ぎも一入だった。

十七日に青山葬儀所で葬儀を行ったが、小林秀雄先生が委員長を勤めて下さり、芥川比呂志さんが司会をなさり、沢山の方々が参列されこの世の最後をお見送り戴いた。壇上には、死の一週間前の座談会で写し、本人も見ていない笑顔の写真が飾られてあった。

一応すべて終って、その夜、敦夫とお手伝と、私の三人きりの家は、あまりにも淋しいものだった。敦夫は今夜だけでいいから、ママの部屋に寝たいといった。私はそれをきつく叱って許さず二階へ上った。その後敦夫は自分の部屋で泣いていたそうだ。お手伝さんはそれを見て、

「今まで、奥様から余りひどく叱られた時、いつも先生がなぐさめていらしたので、それがもう出来ないと思って悲しまれたのでしょう」

と言った。世間では私を甘ママと見、私もそれを否定出来ないが、私としては父の子として、どうか世間から笑物にされぬ者に育てたいといつも念じ続けて来た。

文六教信者に

　この章は以前に『牡丹の花』に収録したものである。『牡丹の花』は岩田没後、知友の方々のお寄せ下さった追悼文集を作った折に私の書いたものである。すでに書いたことと重複するところもあるが、二人の生活が一まとめにしてあるので御覧いただきたく入れることにした。

　寄る年波に大磯から東京への通勤も限界だと思った私と、娘に嫁がれて世話をする人がなくなった岩田との結婚は、お互いに身勝手なスタートであったようです。「怖いもの知らず」で、何も出来ない私が、あつかましくも乗り込んできて十八年、よくも連れ添ったと思いますが、年輪はおそろしいもので、終りには、お互いに不平不満を持ちながらも、離れられないものになっていました。せめて私が、人並の女なら、岩田の晩年をもっと安楽に暮らさせてあげることが出来たでしょうに。

　私としては、一生懸命尽くしたつもりでも、岩田がそれを買ってくれないことに、やるせない思いをしたものです。今思えばその一生懸命は、ときに深情であったり、まだまだ足りないもの、見当違いのものであったことを、後悔しています。

　私が岩田に嫁いできて間もない頃、岩田の叔母が亡くなりました。お通夜から帰宅して、その家の間取りが話題になりましたが、岩田は私が言うのは違うと言い、「お前は強情だ、オレは子供の時から始終行ってる家で、一、二度行ったお前にわかるはずがない」と、たいそうなおこりようでした。よせばいいのに私もつい言い張ってしまいました。「よーし、近い中にT子達が来るから、聞いてみてお前の言うのが違っていたら、思い切りなぐってやるから、よーく覚悟していろ」と、それはそれは恐ろしい顔で申し渡しました。「はい、よろしいわ」と、言ったものの、T子さん達の来る日までビクビクして過しました。ところが結果は、「お兄様の大まちがい」と、声を揃えて言ってくださったおかげで、なぐられずにすみました。岩田は、

「お前が、がむしゃらに強情を張る女でないということがわかって安心した」と申しました。(私の勝った時の約束をしなかったのは残念)

初めに岩田がおこった時、私は、茶の間の卓の上に煙草の「ピース」と「光」を並べて、「もしあなたが、『光』の色はこのピースのように青だとおっしゃれば、私はそう思わなくてはいけないのですか」と、聞きました。「そーだ、オレの言うことは、何でもそのとおりに受け取らなくてはいけない」と、申します。それは、私の第一の驚きでした。以来私には、岩田の言ったことは、何でも本当と思わねばならぬ、と努力する癖がついてしまいました。しかし持って生れた物差しが違うためか、容易に納得することができず、なやむことがたびたびありました。そのうち私には、四天王に踏まれている踏鬼(邪鬼)が、自分のように思われてきました。もがいてもどうすることもできぬ踏鬼です。そして同じ踏鬼でも、踏まれながらいかにもたのしそうな顔をしている踏鬼、あんなのになりたいなあ、と思うようになりました。そういえば、国宝展へ行って、すさまじい執金剛神か何かの前に立った時、ふと知人に巡り会ったような懐かしさを覚え、笑いがこみあげてきたことがあります。岩田は背丈も高く、怒った時の形相は物凄い人で、いつも側でビクビクしていましたが、今ではもう、比べるものもないほど偉大な人であり、男らしい男であったと思っております。「『非人情』であれ、しかし『不人情』であるな」という言葉を、ある本で見ましたが、岩田はそういう人であったと思います。宅においでくださる出版社の方々にも、そばで聞いていて、本当にひどいと思うようなことを申していることも再三ありましたが、その場ではひどく思えても、やはりそうすべきであったのだということが、今ではよくわかるようになりました。人様にきびしいばかりでなく、岩田は自分にもきびしく、その生活態度を私達にお手本として残してくれました。自分の死後、華やかな生活の終った後の私達の淋しさを、少しでも救ってくれようとする心配りのあったことを、しみじみと思います。

岩田の子供時代は、ともかく腕白坊主で、気に入らぬことがあった時、着物のままお風呂に飛び込んだとか、学校から帰るとその足音で、猫がかまどのうしろに隠れたとか聞きました。唯一の子供時代を御存知の横浜ニューグランドの野村翁が、私に昔話を聞かせるからといって呼んでくださり、親子三人で泊まらせていただいたことがありました。どのお客ともなさる、あの有名な握手をしっかりしてくださった後、お食事を戴きながら岩田の少年時代のいたずらぶりを話してくださいました。岩田の家の店と、野村さんのサムライ商会が向い合せで、腕白坊主はそのお店に飾られた刀を抜いて振り回し、ついに手を切ったことがあったそうです。その辺の屋根という屋根は、飛び歩いて遊んでいたということで、さすがの岩田も小さくなって拝聴していました。

フランス時代は、ある方に送った手紙で知ることはできますが、もうしばらく読む気にはなれません。

何も岩田に尽くせませんでしたが、敦夫を産んだことだけが、私が岩田に報いた唯一のことだと思います。産室から出て来た私に、「デカシタ、デカシタ」と、言ったので、退院後、「古風ねえ」とからかいますと、「そんなこと言ったかなあ」と苦笑しておりました。敦夫が少し育ってからは、入浴も食事もさせ、その溺愛ぶりは皆様の御承知のとおりです。孫達も可愛がり、海外から帰りたては、フランス語しか話せませんので、たのしそうに相手をしておりました。ただし、「おじいちゃん」と呼ぶのは厳禁で、「大パパと呼ばぬと、この家から追い出す」と言っておりました。

文学も、芝居も、味もわからぬ私。文学はさておき、芝居も話相手にはなれませんでしたが、岩田は歌舞伎も、文楽も、新劇も皆好きで、理解していた人だと思います。死ぬ少し前に、勘三郎父子の『連獅子』をテレビで見て、感激の涙を浮べていました。我が子とほとんど同年輩の勘九郎が、父親と踊る美事な姿を、うらやましく眺めたことと思います。自分と関係のある新劇の方達は、毎年正月二日に来てくださり、多勢にかこまれて、楽しく過しました。私は結婚して最初の年、「文学座の人が来るよ」とだけしか言われなかったので、てんてこまいしてしまいました。その後、分裂や何かで心を痛めることがありましたが、若い方達をわが子のように思い、たびたび稽古を見に行っては、思うようにゆかぬと、「しょうがない奴等だ」など、おこりながら、いつも気にかけていました。わが子を突っ放すことのできぬ気持と同じであったようです。味のことは、日常かかせぬことで、本当に気の毒なことをしたと思います。その私を、折りにふれ仕込んでくれました。残った食物は、形をかえ味をかえて、珍味となって次の食膳を賑わしましたが、これをちゃんと書き留めていましたら、おもしろい料理の本になったことでしょう。揚げ物が怖いという私に代って、エプロンをかけ、大きな海老を揚げてくれた姿が時々目に浮びます。三日続けて同じ魚の塩焼をさせられ、三日目にお膳ごとほうり出されたこと、どじょうの扱いを知らぬ私が、お酒をかけることを岩田から教わり、かけた途端に皆跳び出し、拾い集めた時は、台の下などの綿埃の衣を着ていたのを思い出します。死ぬ少し前の週刊誌に、我家の料理にも思いがけぬうまいものが出ることがある、というようなことを書いたのを読んだ時、何か最下級でもお免状をもらったような喜びを感じました。

「オレはどうしてこんなに食べ物屋から可愛がられるのだろうな」とよく言いましたが、本当に食べ物が好きで、皆さんよく珍しい物を届けてくださいました。

鮎が大好きで、胃潰瘍の手術の半年後、長良川で二十尾以上、一度に食べたのには皆あきれました。亡くなる年は、わざわざ岡山県の高梁から、広島県の三次の方まで出かけましたが、その頃から東京の鮎は養殖が多く、ある料亭では「皆は鮎を注文したが、養殖に見えたから、オレは鰯をたのんで食べた」と申し、あまりほしがらなくなりました。およばれの多い岩田は、話も面白くない妻子を連れて食事に行くことは、おっくうだったようですが、四月頃ギンポが出る頃は、必ず、「まだか」と問合せて、〝天政〟へ連れて行ってくれました。しかし亡くなる年にはよいのがなく、その後は去年も今年もはいらぬということです。岩田の好きな都電も影をひそめてしまいました。「ギンポとチンチン電車と共に消え去った人」という気がします。そしてその後は、岩田がいたらさぞいやがるだろう、と思うようなことばかり新聞を賑わせています。もうこの世にいないほうがいいのかもしれません。

追悼文をぜひ書いて戴きたい鈴木信太郎さんも、宮田重雄さんも、徳川夢声さんも皆逝ってしまわれました。そこは無の世界ではなく、この方達が例の毒舌を戦わせて、楽しく暮していらっしゃるところのように思え、黄泉の国を淋しいところとは思えなくなりました。

今私は、文六教の信者になってしまったようです。もう遠い遠い所へ行ってしまったように思える一方、いつも傍で見守っていてくれることを感じます。そのかわり、岩田の気に入らぬことがあった時、必ず祟りがあって、思わぬ所で捻挫して、動けなくなったり、急に激しい頭痛におそわれたりするので、「そら、祟りがあった」という私に、姪達が大笑いします。どうも踏鬼はいつまでも踏まれているようです。しかし気に入らぬことで無い時は、思いがけぬ幸福があるので、ますます信仰しています。写真と位牌の岩田が、暑かろう、寒かろうはずもないのに、朝に晩に生前と同じように仕え、喜びがあれば告げ、困ったことは訴え、時には駄々をこねます。でも、もう、よくしゃべるとおこられることもゲンコの飛んで来る気づかいもありません。(歴代?の女房のうちなぐられたのは私だけ)

取材やゴルフの旅で留守番をさせられがちでしたが、たまに連れて行ってくれた時は、旅行好きの私には、何よりの喜びでした。毎夏箱根に行く習慣でしたが、今も、穂の出た芒の道を、紺の浴衣にパナマ帽をかぶり、ステッキをついて散歩している岩田に会えそうな気がします。

ゴルフもできなくなった頃から、新宿御苑の桜や菊、明治神宮の菖蒲を一緒に見に行きました。牡丹の好きなことは、書いた物で御存知と思います。花の少ない東京で、隣りの桜の蕾が赤味を帯び、ほころび始めると、いち早く見つけて、「一輪咲いた」と皆に告げます。亡くなった年の春、「今日は花見をしよう」とお寿司をとって窓辺に席を設け、昼酒をふたりでたのしみました。盛りを過ぎた花は、庭を斜に小止みなく散り急いでいました。よみうり寸評氏は、「鷗外の『ぢいさんばあさん』のようだ」と書き、敦夫は、隣りの桜で花見とは哀れだなあ、と言いました。こうした岩田らしいささやかな行楽を、懐しく思います。

ゴルフを一番の楽しみとした人が、一年余りあきらめていましたが、最後の夏の終りに那須へ行った時と、十月頃、箱根であった編集会議のついでに、私に内緒でほんの少ししたそうです。いい気になってまたすれば必ず悪くなることを知っている私は、ずいぶん怒りましたが、今となっては、その何ホールかを楽しんだことを、本当によかったと思います。

秋にはいり、喜寿の祝いや、それに続いて文化勲章を戴く栄誉を担い、急に華やいだ日が続きました。その頃の日記に、「自戒すべし」という字が見えます。参内するためにモーニングが入用となり、フランス時代に作ったのを久々に出しましたが、流行も今と変らず、虫もついていないので、それを着ると言って新調いたしません。もうあと着ることのないのを知っていたようです。何かにつけ私にも、岩田の死の近いことが感じられ、気が気でない思いをしておりましたが、よもや年内にその日が来ようとは、思いもかけませんでした。

亡くなる日、来客もあり、着替の手伝をしていますと、岩田が、「もうあまりお世話をやかせませんよ」と言うのです。その言葉に私は憤慨して、階下へ降りてから、

「世話になるね、と言ってくださったほうが、どれだけ気持いいかしれないのに」とプンプン怒っておりました。

やがて原稿を直すからと私に持ってこさせ、日記もつけました。頭に手をやり、「何かもやもやする」と言いましたが、たいして気にもとめず、階下に降りました。するとじきにベルがなり、「頭が痛くてたまらぬから、薬をもらってくれ」と言うので、すぐお医者様に電話をかけ、再びそのことを言いに行きましたら、私の言葉に返事をせず、ただ上をむいていました。返事をしないのはいつものことなので、そのまま部屋を出ようとして、フト顔色の白いのが気になり、そばへよって見ますと、もうこときれておりました。定めし痛かったのでしょうが、苦しんだ様子は全然見えませんでした。指圧の先生から教わった治療で、それを続けると、死ぬ時苦しまぬという方法を何年か続けておりました。こちらが疲れている時は、その治療をしてあげるのをつらいと思いましたが、もし、それが効いたのだったら、私も本当によかったと思います。何分死の苦しみをとても恐れていた人で、ガンの末期の様子などを見聞きして恐れ、心筋梗塞なら何分くらい苦しめば死ねるのだろう、など、いつも気にしていました。最期の一瞬はさぞつらかったのでしょうが、まず本人の望んでいた死に方であったかと、せめてなぐさめられます。

あとがき

岩田が亡くなって早十七年という歳月が経ってしまった。三年前、一人息子が結婚したのを機会に大磯の古巣に一人住いを始めた。

動物が乳離れすれば親子別の存在になるように、人間も同じだから息子が家庭を持てば、大磯に一人で住むとそれまで言い暮していた。

いざ一人きりの生活は、夕方になると何時になっても人が帰って来るという考えが頭から容易に離れなかった。

山の上に灯の一つあり一人居のわれなぐさめて語るかに見ゆ

山の上の灯のまたたけり風たちて木々の梢のゆれやまぬらし

昔、岩田と暮した頃、裏山に人は住んでいなかった。今は一軒家が建てられているらしい。

このような私を御覧になった阿川弘之先生が、所在無く暮しているより、今まで生きてきた私の一生を書いてみたらと勧めて下さった。

岩田の没後、ある方が、忘れないうちに岩田のことを書いておきなさいといって下さったが、生きている時は、数々恨み、辛みもあったが、いざ幽明界を異にすると、とかく美化され、こうして安穏に暮していられるのも、と思うと筆がにぶってしまった。

素人の私にどうせろくなものが書けるわけもなく、著述業の夫の側にいながら、書くことがこんなにたいへんなものというのも初めてわかった。時として不機嫌になる夫を、ワンマンのわがままと思っていたが、そうばかりでないことがわかった。

夫に助けてもらいたいと思う一方、もしいれば「バカヤロー、書くな」の一言でこの本は陽の目を見ることはなかったろう。書名は白洲正子さんのお寄せくださった文章からとらせていただいた。

多くの方々の御援助で満十七年目の命日に出版させていただけるようになった。文の中にはおことわりもなく、使わせていただいたお名前や引用文もあるがどうぞお恕しいただきたいと思う。

杉本健吉先生にも久々でおめにかかり私の大好きなお画を装幀に使わせていただくお許しを得て感謝している。

出版部の方には一方ならぬお世話をおかけしてしまった。徳島高義さん、福田裕充さん、高柳信子さん　本当にありがとうございました。心より御礼申上げます。

岩田幸子

昭和六十一年初冬

単行本時の『笛ふき天女』（講談社　1986 年）
装画　杉本健吉　装幀　中島かほる

東西東西

阿川弘之

大磯のおひいばあさんと書くと、曾祖母の話と間違へられさうだが、実は姫婆さんのつもりである。文六先生御在世なら、大先輩の奥様に畏れ多くてこんなことが言へた義理ではないのだけれど、御他界後十七年、前々からのお附合ひも合せれば約三十年、遠慮の垣根を低くして、つくづく観察すればするほど、此の人は明治上流社会のおてんばおひいさま、深窓の童女がそのまま無邪気に年輪を加へた、当今珍しい面白の嫗だと思ふやうになつた。天真爛漫にしてユーモラス、やや素頓狂な正義派、したがつて少々やんちやで我儘。その初めての御著作について、私如きが何故お披露目の口上を述べねばならぬかと言へば、「あとがき」に記されてゐるやうなことを数年前自ら口走つたせゐで致し方が無いけれど、本書御執筆中も、「わたくし、もういやンなつた。やめちまふ」とか、「お姫さま怒ると怖いんだから」とか、屢々勝手気儘を言ひ出して関係者一同をずゐぶん手古ずらせた。文六先生には「文六－勝手＝0」といふ方程式があつたさうだが、幸子夫人の場合も、「無邪気」と「気儘」を差引いたらほぼゼロの方程式が成立つかも知れない。当方としては、お書きになるものの上に、其処のところが程よく滲み出て来ればと願つてゐた。

しかし、文士文豪の上を行くと自称なさつた文六先生の未亡人と雖も、原稿用紙に向はれるのは今回が初めてで、やはり相当の緊張と気迷ひとがあつたらしい。その結果、あれは書けないこれは具合が悪いの不決断と、あれも書きたいこれも言ひ残したいの欲とが、いささかこんぐらかつてしまつた。もうちつと突つ込んで描いてあればと惜しまれる場面がある一方、お姫さまぶりの――、つまりあんまり面白くない和歌が処々方々にちりばめてあつたりして、読者諸賢、或はお眼だるく感じられるであらう。だが、その点少しく我慢して読み進めて頂くなら、やがて笛ふき天女は獅子文六なるよき伉儷（かうれい）を得てエロスの面でも開眼し、持ち前の気儘とユーモアを周囲に撒きこぼしながら妖しくもをかしき舞を舞ひ始める。文学のことなぞ何も分らぬ元姫さまと、当代切つての売れつ子作家とのユニークな再婚生活は、戦後復興期の日本の風俗として見てもまことに面白い。何しろお見合ひの話が起つたあとですら獅子文六にどんな作品があるか一切知らず、あすこがその家よと教へられた別荘風の竹垣の中で、何故かキンキラキンの唐獅子がどてらを着て散歩してゐるといふ妙な想像をしてゐたといふあたりが、おひいばあさま若かりし三十九歳の日の真骨頂なのである。御味読の上どうか天下に御喧伝を願ひたいと云爾(しかいふ)。

ほくろのユキババ——文六夫人のこと

白洲正子

先日の中央公論に、獅子文六夫妻と、河上徹太郎さんの写真がのっており、河上さんが文六夫人のことを、「私の旧藩主のお姫イ様」と書いている。ここはぜひともおひめ様ではなく、おひい様とよんで頂きたい。幸子さんは、いつまでもそういう純真さを失わないおひい様だからである。

岩国の城主、吉川（きっかわ）元男爵家に生れた。私とは一つ違いだが、見たところも、気持も、ずっとお若い。子供の時から、妹のように思っていた。至っておとなしい方だが、明るい性格の持主で、私の子供達も、「ユキババ」と呼んでなついていた。ある時は、「ほくろのユキババ」ともいった。下唇のそばにビューティ・スポットのようなほくろがあり、子供達がそれをつつくと、「ホウ」という。つつく、「ホウ」、またつつく、「ホウ」、一日中あきもせず遊んで下さった。「ユキババ」のことを書く、といったら、今はもう大人になって、結婚した子供達が、これだけはぜひ書いてほしい、と頼む。彼等も「ほくろのユキババ」がなつかしいのである。人徳というものだろう。

だが、このおひい様は、大変苦労をされた。はじめの結婚は、わずか三年で、御主人が事故の為に亡くなった。これは大きなショックだったに違いない。何しろきれいで、優しい方だから、その後縁談は降るほどあったが、二度とお嫁にゆくのはいやだという。それを獅子さんが射とめたというわけだが、そのことはまた後に記す。やがて、戦争がはじまり、終戦になって、おひい様もおひい様ではいられなくなった。その間の苦労は、お育ちがいいだけ、ひと通りではなかったこととお察しする。戦争中は、岩国に疎開し、私との付合も一時とだえたが、戦後しばらく経って、帰京され、お母様（これがまた絵に描いたような奥方様であった）と、一緒に大磯で生活されるようになり、私の里も大磯にあったので、しじゅう往き来をするようになった。ところが、幸子さんは少しも変ってはいない。悲しみも、苦しみも、いささかの影も止めず、戦争があったことも、生活が変ったことも、まったく意に介さないという風で、そういう彼女を私達は、ひそかに「通りぬけのおひい様」と呼んだ。これはいく分の悪口であると同時に、最上の褒め言葉でもあった。めったなことで、汚れたり傷ついたりしないのが、おひい様の特質だからである。

幸子さんは、永久に独身ですごすだろう、不生女(うまずめ)で終るだろう、そう信じて疑わなかった。だから、「獅子さんと結婚したいが、どう思う」と相談をうけた時には、急に返事も出来なかった。文六さんは、あのような大人である。文士であり、芸術家である。その上に、「海千山千」とくっつく。はたして巧く行くかしら。だが、坊ちゃんや若様より、そういう人の方が信用がおける。何よりも、作品がそれを証明しているではないか。

「すばらしい。きっと巧く行く。早くきめなさい」断乎として私は答えたが、思えば無責任な話である。何もそれだけで、決心したわけではなかろうが、私のカンが、はずれなかったのは幸いであった。

実は獅子さんにも、ひそかに意見を求められたことがある。意見という程ではなく、幸子さんの人柄について、世間話のついでにそれとなく訊かれた。とっさの答えに窮した私は、丁度その時、獅子さんの客間に、杉本健吉の飛天の絵がかかっていた、それを指さして、「あんな方です」といった。これもあまり間ちがってはいなかったと思う。何故なら、結婚後しばらく経って、獅子さんが私に、「想像以上の天人だったよ」と、てれ臭そうにいわれたことがあるからだ。満更ではなさそうなその横顔を見て、私はほんとうにうれしかった。お子さんが出来たのは、それから間もなくのことである。

幸子さんは、結婚というものを、夫婦というものを、まるで御存じなかったに違いない。何しろ、新婚三年で未亡人になったのでは、殆んど処女も同然である。が、文六さんという、「海千山千」の男性を夫にむかえ、その上子供まで生んだのは、たとえ苦労は多くても、女としての仕合せだ。もはや「通りぬけのおひい様」とはいえまい。よろしく獅子さんに、（そして私にも——とこれは小さな声で）感謝すべきだと思う。

幸ちゃんは家事に忙しくて、昔のようにお目にかかることは出来ないが、中央公論の写真でみると、ふくよかになって、幸福そうに見える。思いなしか、お母様によく似て来られた。ほくろも健在で、先ずはめでたし。

（昭和44年6月『獅子文六全集』（朝日新聞社）月報に加筆）

本書『笛ふき天女』は一九八六年一二月に講談社より刊行されました。

ちくま文庫

笛ふき天女

二〇一八年四月一日　第一刷発行

著　者　岩田幸子（いわた・ゆきこ）

発行者　山野浩一

発行所　株式会社　筑摩書房
東京都台東区蔵前二―五―三　〒一一一―八七五五
振替〇〇一六〇―八―四一二三

装幀者　安野光雅

印刷所　明和印刷株式会社

製本所　株式会社積信堂

乱丁・落丁本の場合は、左記宛にご送付下さい。
送料小社負担でお取り替えいたします。
ご注文・お問い合わせも左記へお願いします。
筑摩書房サービスセンター
埼玉県さいたま市北区櫛引町二―六〇四　〒三三一―八五〇七
電話番号　〇四八―六五一―〇〇五三

ISBN978-4-480-43515-6　C0195